Titolo originale: *The Real Rebecca*
Pubblicato da The O'Brien Press Ltd., Dublino, Irlanda

Traduzione pubblicata in accordo con The O'Brien Press Ltd.

Rappresentante italiano per i diritti esteri
Agenzia Letteraria Internazionale, Milano

L'editore ringrazia l'Ireland Literature Exchange (fondo per la traduzione), Dublino, Irlanda, per il contributo alla traduzione italiana
www.irelandliterature.com
info@irelandliterature.com

17 via Pianezza, 10149 Torino
giralangolo.it
edt.it

ISBN 978-88-6639-937-7

Questo libro è stampato su carta ecosostenibile

Anna Carey

La mia vita secondo me

Il diario di Rebecca Rafferty

Traduzione dall'inglese di
Matilde Macaluso

Ai miei genitori, che non sono imbarazzanti come quelli del libro,
e a mio marito Patrick, che non lo è (quasi) mai

LUNEDÌ

Primo giorno di scuola. Da quando mi sono svegliata non ha smesso un attimo di piovere. Tipico, come ha fatto notare Cass stamattina mentre andavamo a scuola. Continuava a togliersi gli occhiali, perché con la pioggia non vedeva praticamente niente. E siccome quando piove succede sempre così, ha detto che questo è un motivo in più per farsi assolutamente regalare le lenti a contatto per il compleanno, anche se i suoi genitori non sono d'accordo.

«Meno male che piove» ha osservato Alice mentre Cass si asciugava per la cinquantesima volta gli occhiali sul maglione della divisa, «altrimenti sai che strazio andare a scuola con una bella giornata! Considerati fortunata, Cass».

Aveva appena finito di parlare che è finita in una pozzanghera grande come un lago, così ha smesso subito di dire che la pioggia è questa gran fortuna.

Eccomi qui: Rebecca Rafferty, quattordici meravigliosi anni, di nuovo nell'orrenda St. Dominic School, mentre scrivo sul diario durante l'ora di geografia. Non che a Miss Kelly importi qualcosa, visto che continua a blaterare dei terrificanti effetti del riscaldamento globale, il suo argomento preferito. L'anno scorso l'ha rifilato a tutte le classi. A noi in realtà torna piuttosto utile: la prospettiva di essere ormai prossimi a una morte atroce la entusiasma così tanto che non le interessa cosa facciamo, basta che ce ne stiamo tranquille. Alice e io abbiamo passato il tempo a scambiarci bigliettini, poi Alice ha finito l'inchiostro e così adesso sono tutta presa dal mio diario. Tanto Miss Kelly sta parlando a ruota libera, non se ne accorgerà mai. Non capisco perché ci tormenta ancora con la storia dello scioglimento delle calotte polari e dell'imminente arrivo dell'era glaciale. Mesi fa ci aveva così terrorizzate che abbiamo tutte giurato che non avremo mai un'auto in vita nostra. Lisa O'Hara per un po' si è addirittura rifiutata di salire su quella dei genitori, però ha cambiato idea quando le hanno comunicato che per le vacanze sarebbero andati in Francia in auto anche senza di lei.

E comunque... in questi ultimi tre mesi la scuola non è cambiata per niente, è lo stesso postaccio orribile dell'anno scorso. Anche le mie compagne sono sempre le stesse, a parte Jessie McCabe, che si è tinta i capelli di biondo (a sentire lei i suoi genitori si sono incavolati di brutto, anche perché ha usato i soldi che le avevano dato per comprarsi un nuovo paio di scarpe), e Vanessa Finn, che forse è ancora più odiosa dell'anno passato. I suoi sono molto ricchi e a quanto pare suo padre avrebbe preferito iscriverla in una scuola privata per evitarle quello che, secondo lui, è un destino peggiore della morte: avere a che fare con un mucchio di "ragazze la cui massima aspirazione è fare le parrucchiere" (ha detto proprio così). In questa zona però non ci sono scuole private e per accompagnarla in città ci avrebbero messo troppo tempo, con tutto quel traffico-spargi-gas-velenosi. Perciò è bloccata alla St. Dominic con noi comuni mortali.

E così la scuola è più o meno la stessa. C'è una sola differenza: non siamo più le ragazze più giovani della scuola. Evviva! Cass e Alice sono d'accordo con me: quelle del primo anno sembrano tutte delle bambine. Possibile che l'anno scorso fossimo come loro? Queste qui non sembrano capaci nemmeno di andare a scuola da sole.

Chissà se gli è già arrivata la voce che quelle prepotenti dell'ultimo anno infilano le matricole a testa in giù nel gabinetto. Prima che iniziassimo a frequentare la St. Dominic, per me e Alice questa storia era diventata un tormento. E anche se Rachel continuava a ripeterci che erano tutte balle, pensavamo che da brava sorella maggiore volesse solo farci stare tranquille. Invece diceva sul serio: quelle dell'ultimo anno non ficcano le matricole a testa in giù nel gabinetto. Eppure fino a Natale abbiamo sempre evitato di andare in bagno da sole per paura che una di loro si appostasse dietro una porta e ci saltasse addosso.

Oh oh, mi sa che ci siamo. Miss Kelly sta spiegando cosa succederebbe se dovessimo sopravvivere all'era glaciale, questo vuol dire che la lezione è quasi finita. Devo andare.

PIÙ TARDI

A casa, lontana da quell'inferno della St. Dominic School for Girls. Non che qui vada meglio. Avevo appena iniziato a parlare al telefono con Cass quando mia madre si è presentata nella mia stanza e NON SI È SCHIODATA DA LÌ FINCHÉ NON HO MESSO GIÙ! Ma che razza di madre è? Non riesco mai a parlare con nessuno. Lei e papà mi concedono una ricarica talmente misera che per fare una chiacchierata decente sono costretta a usare il fisso. E così ogni volta che telefono mi sta addosso e pretenderebbe che riagganciassi dopo cinque minuti! Stasera si è lamentata sostenendo che sono stata al telefono per più di un'ora, che le costo una fortuna, che quando sarò in grado di pagare le bollette di tasca mia potrò chiamare quanto voglio, ma che per adesso... bla, bla, bla.

«Madre, Cassandra e io abbiamo importanti questioni scolastiche di cui discutere. Per favore, vai via» ho ribattuto con tono solenne.

«Ma fammi il piacere, Bex. Stavate parlando di quella

ridicola serie tv sui figli di papà a Los Angeles. Ti ho sentita dalla cucina».

«I telefilm americani sono un importante argomento scolastico, madre adorata. Questo trimestre studiamo i mass media».

Si è messa a ridere. «Allora sono sicura che la vostra insegnante sarà curiosa di conoscere la vostra opinione su... aspetta, chi era?... *Quello strafigo di Jack Rosenberg*».

Le ho lanciato un'occhiataccia. «Visto che siamo prigioniere in una scuola femminile, i ragazzi strafighi li vediamo soltanto alla tele. Quindi, per favore, non negarci il nostro unico piacere. Jack Rosenberg è la sola possibilità che ci rimane per dare sfogo al nostro romanticismo».

Ha riso di nuovo. «Ancora un minuto, Bex. Sei avvisata». Poi ha raggiunto papà in cucina e insieme si sono fatti due risate alle mie spalle. Ma sapevo benissimo che sarebbe rimasta in ascolto per essere sicura che non rimanessi al telefono per più di sessanta secondi, così ho dovuto riagganciare. Se tutte le sue lettrici sapessero che madre orribile è, la smetterebbero di comprare quei suoi stupidi libri pieni di madri pimpanti che sono il cuore di famiglie felici e che non costringono mai le loro figlie innocenti a interrompere una telefonata proprio mentre stanno valutando se Jack Rosenberg è ancora carino come nella prima serie di *Laurel Canyon* (io dico di no, secondo Cass invece migliora con gli anni).

Prima o poi racconterò tutta la verità su mia madre.

Quando l'ho detto a Rachel s'è fatta una risatina. «Ah sì? E che cosa dirai? Che ti ha proibito di spendere altri 300 euro di telefonate? Oh, poverina!»

«È anche tua madre, Rache. Dovresti fare come me».

A quel punto è diventata seria e ha iniziato a dirmi che dovrei rendermi conto di quanto sono fortunata perché abbiamo dei genitori fantastici (anche se non la pensava così qualche mese fa, quando le hanno vietato di andare a Glanstonbury con il suo tipo), e che ci sono ragazze che in famiglia hanno problemi ben più gravi che non essere costrette a riagganciare dopo una chiacchierata di un'ora!

Ha ragione, immagino. Però...

MARTEDÌ

Piove ancora! Chissà se è uno degli spaventosi effetti del riscaldamento globale. Ne ho parlato stamattina a colazione e Rachel ha detto: «Eh già, Rebecca. Piove da due giorni di fila. In Irlanda. Incredibile vero? Starà per arrivare la fine del mondo?»

Se Miss Kelly fosse la sua insegnante non ci scherzerebbe su. Se non altro quando comincerà la seconda era glaciale sarò pronta. Papà mi ha dato ragione, dicendo che il riscaldamento globale è una faccenda seria e che tutti noi dovremmo darci da fare per proteggere il nostro patrimonio naturale. E poi è uscito per andare al lavoro con la sua auto-succhia-benzina-distruggi-ambiente! Visto che l'università è in pieno centro avrebbe potuto benissimo prendere l'autobus. O andare a piedi, se proprio si sentiva pieno di energia. Insomma, io devo andare a scuola a piedi ogni giorno, anche quando piove. Lui dovrebbe camminare soltanto per altri tre chilometri. Se servisse a ritardare l'inizio della seconda era glaciale, io sarei disposta a farne cinque di chilometri al giorno.

Oggi però la passeggiata fino a scuola me la sarei risparmiata volentieri, perché è stata una giornata da incubo. Non che in classe di solito ci si rotoli per terra dal ridere, ma oggi è stata davvero una giornata tremenda. Adesso ho un nuovo nemico. Beh, in realtà è il mio primo nemico in assoluto... Vabbè insomma... è Mrs Harrington, la nuova insegnante di inglese. Avevamo la prima lezione e non vedevo l'ora che iniziasse perché l'inglese mi piace, e mi piaceva anche Miss Ardagh, l'insegnante dell'anno scorso, non solo perché mi dava sempre buoni voti. Purtroppo se n'è andata per scrivere un libro (che per un'insegnante d'inglese, immagino, dev'essere una figata) e la nuova insegnante è... bah.

Tutto è cominciato mentre faceva l'appello. Guardavo fuori della finestra e pensavo a come mi sarei vestita se questo trimestre avessero organizzato un altro No Uniform Day, quando ho sentito il mio nome. Ho risposto *presente* e mi sono girata di nuovo verso la finestra, dando per scontato che la prof sarebbe passata a Clare Reading, che viene subito dopo di me. Mi sbagliavo. Si è fermata e ha detto: «Rebecca Rafferty... sei la figlia di Rosie Carberry?»

L'ho fissata e ho risposto: «Ehm... sì». Quindi ho abbassato gli occhi sul banco. Tutti sanno che mia madre è una scrittrice. L'anno scorso alcune mie compagne avevano cominciato a prendermi in giro, ma si erano stufate quasi subito. Io non ne parlo mai. Anche gli insegnanti lo sanno, ma nessuno ha mai accennato all'argomento, a parte quella volta che Mrs Quinn mi ha chiesto se mia madre poteva autografare un libro per sua madre che stava male (la madre di Mrs Quinn, non mia nonna).

In ogni caso, credevo che Mrs Harrington avrebbe continuato l'appello. E invece no. Mi ha fatto un sorriso da pazza e ha esclamato: «Adoro i libri della tua mammina, sono una sua grande fan! Ho riconosciuto il tuo nome perché ho letto di te e di tua sorella in alcune interviste. Tua madre è molto orgogliosa di voi, vero? E tua sorella si chiama... Rachel, giusto?»

L'ho guardata inorridita. Lei non ci ha fatto caso, di sicuro è un'inquietante stalker che in casa ha una stanza segreta tappezzata di fotografie di mia madre. Ha continuato a sproloquiare sulle *meravigliose storie della mammina* e su come *Il giardino di campagna* sia in assoluto il suo libro preferito. Poi ha aggiunto: «E scommetto che per creare i personaggi di Katie e Róisín si è ispirata a te e a tua sorella».

Va bene essere troppo sconvolta per parlare, ma a quel punto non potevo proprio lasciar correre.

«No» ho risposto. «Mia madre non prende mai spunto da noi. Mai». Per di più Katie e Róisín sono campionesse di danza irlandese e hanno pure i boccoli. Argh! Il solo pensiero di avere qualcosa in comune con quelle orrende schizzate mi ha fatto venire i brividi.

Mrs Harrington, però, è scoppiata a ridere.

«Oh, secondo me invece la piccola Katie ha preso un po' da te! Hai l'aria di sapertela cavare, con la danza...»

Sono bastate queste parole a farmi ammutolire definitivamente.

Sia chiaro, non che desiderassi continuare quella conversazione. Piuttosto ci avrei tenuto a precisare che non chiamo mai la mamma *mammina*. Tutt'al più, quando ce l'ho con lei, la chiamo *madre* o *madre adorata*. Lasciamo stare... Poi Mrs Harrington ha aggiunto che sperava che io avessi ereditato il talento letterario di mia madre, mentre le mie cosiddette amiche ridacchiavano nascoste dietro le loro copie nuove di zecca di *Grandi speranze*, il libro che studieremo per l'esame del terzo anno. Meno male che nessun professore si è comportato così l'anno scorso, quando ero una novellina e a scuola conoscevo soltanto Alice. Altrimenti forse a quest'ora non avrei amiche (tranne Alice, spero). Alla fine Mrs Harrington si è ricordata che si trovava in una classe e non a una riunione del Rosie Carberry Fan Club, ma quando la lezione è terminata e io ho tentato di svignarmela in tutta fretta mi è piombata addosso e mi ha confidato che non vedeva l'ora di *leggere i deliziosi temi scritti dal tesoro di mammina*! Non ce la farò mai a resistere a un anno intero (o cinque... aiuto, potrebbe restare per tutte le superiori!) di continui riferimenti ai *deliziosi libri di mammina*. Cambierebbe idea se la sentisse imprecare tutte le volte che si rende conto di dover riscrivere qualcosa.

MERCOLEDÌ

Da Cass dopo la scuola. Mi piace un sacco andare da lei, c'è sempre del pane buonissimo a casa sua. La sua stanza è fantastica, molto più della mia. Vorrei tanto ridipingerla anch'io, ma i miei genitori me lo impediscono visto che sono passati soltanto due anni dall'ultima volta. Allora io ne avevo dodici. Risultato: un orribile miscuglio di rosa e viola. Cass ha risistemato la sua quest'anno e ora è stupenda, anche per la lampada e il tappeto stile anni Sessanta comprati da Urban Outfitters. Non posso essere invidiosa della stanza di Cass perché lei è una mia amica e una bella lampada se la merita proprio (in realtà me la meriterei anch'io, ma purtroppo non ce l'ho). Sdraiate sul tappeto ci siamo avventurate in un'appassionata discussione sulla vita e su cosa-vogliamo-fare-da-grandi (io: artista o attrice famosa, Cass: scenografa teatrale, chissà poi perché, non è che vada così spesso a teatro, boh) che a poco a poco si è trasformata in una conversazione su chi-è-l'insegnante-più-svitato. È stato allora che le ho confessato di odiare Mrs Harrington con tutto il cuore. Con lei va sempre peggio.

«La odio anch'io» ha detto Cass. «Vorrei che la smettesse con questa storia della *mammina*».

«Hai sentito che cosa ha detto oggi? *Ooh, buon sangue non mente. Sei proprio brava con le parole!*»

«È esasperante».

«Lo so. È mia nemica. Credo che mi stia mettendo la classe contro».

«Ma dài, è impossibile! Non la sopporta nessuno, invece tu piaci».

«Fidati, è come dico io. Oggi a pranzo Ellie O'Mahony se n'è uscita con una battutina sul fatto che sono la *cocca di mammina*. Ma scherziamo, Ellie?! Che le prende tutt'a un tratto? Pensavo che fosse mia amica. E comunque, senti chi parla... Sua madre è una hippy fin dagli anni Ottanta, quando essere hippy non andava certo di moda. Lei però se ne frega e non rinnega le sue scelte. E visto che ormai alcune attività tipo riciclare, creare oggetti, coltivare verdure vengono apprezzate un po' da tutti, adesso sembra che avesse ragione fin dall'inizio. Non su tutto, però. Per esempio, spesso indossa abiti di maglia che realizza lei stessa (niente da obiettare, se solo sapesse lavorare a maglia!), suona il liuto e in primavera, nel giardino di casa, celebra riti in onore della Dea Terra. A scuola sono in pochi a saperlo, ma Ellie in realtà si chiama Galadriel, come la regina degli elfi nel *Signore degli Anelli* e quando era piccola la madre la vestiva sempre come un'abitante della Terra di Mezzo. Quindi prendermi in giro perché ho una madre imbarazzante mi sembra un po' eccessivo».

«Dài, so che è una scocciatura, ma non ne farei un dramma» ha commentato Cass. «Ellie stava solo scherzando. Vedrai che col tempo tutta questa faccenda si sgonfierà da sola e finirà nel dimenticatoio. E nessuno potrà considerarti responsabile degli sproloqui di quella stupida fuori di testa».

Non ne sarei tanto sicura. Le altre potrebbero pensare che sia io a incoraggiarla. O che tutte queste premure nei miei confronti non mi dispiacciano affatto. O che magari abbia sempre voluto essere al centro dell'attenzione per il lavoro che fa la mamma. O addirittura che io somigli davvero alle orribili ragazzine dei suoi libri.

A casa ho trovato l'origine di tutte le mie sventure (mia madre) seduta in cucina con un libro e un bicchiere di vino rosso. È la seconda volta in una settimana che la sorprendo a bere del vino. Spero che non diventi un'alcolizzata come succede a molti scrittori, almeno credo. In ogni caso non dovrebbe starsene in cucina a sbevazzare, sarebbe meglio che lavorasse al suo nuovo libro. L'ultimo, *La ragazza di Braddon Hall*, è uscito mesi fa e Jocasta, la sua agente, dice sempre che dovrebbe rimettersi a scrivere prima che l'ultimo libro venga pubblicato, perché fra interviste e impegni vari poi è difficile trovare l'ispirazione. E di solito la mamma si rimette al lavoro praticamente il giorno dopo aver terminato un libro. Stavolta però non credo che abbia un nuovo progetto in cantiere. Quando succede parla di continuo delle nuove idee per le sue storie e a volte, mentre prepara la cena, usa me e Rachel per provare se funzionano. Ormai sono trascorsi mesi dalla correzione delle bozze di *Braddon Hall* e di una nuova trama nemmeno l'ombra. Quando gliel'ho fatto notare è scoppiata a ridere e mi ha assicurato che non c'è nulla di cui preoccuparsi.

«Spero che non sia una risata da ubriacona» ho detto lasciandola al suo solitario festino alcolico. Uscendo dalla cucina ho incrociato papà, anche lui con un bicchiere di vino in mano. Bere di giovedì sera! Alla loro età! A volte penso di essere l'unica persona ragionevole in questa casa.

VENERDÌ

Giornata fantastica! Per prima cosa a scuola è filato tutto liscio. Mrs Harrington ha accennato alla mia *mammina* soltanto una volta. All'ora di pranzo Ellie ha ammesso di odiare Mrs Harrington, e non solo perché l'ha sorpresa a giocare all'impiccato con Emma invece di ascoltare le sue farneticazioni su Wordsworth e sulla sua ossessione per le giunchiglie. Ma anche perché con il suo *mammina di qui, mammina di là* mi sta rendendo la vita impossibile. Quindi credo proprio che Ellie non sia mia nemica.

Dopo la scuola ho invitato Alice e Cass a cena a casa mia e poi a dormire. Papà e mamma erano usciti presto per andare a cena fuori, quindi avevamo la casa tutta per noi. E per Rachel, almeno fino alle sette quando è uscita con Tom, il ragazzo con cui è *quasi* riuscita ad andare a Glastonbury. *Quasi* perché i nostri genitori glielo hanno impedito, secondo loro era troppo giovane per andare a un festival in Inghilterra da sola con il suo ragazzo di diciotto anni. Per essere una che ha sfiorato un colpaccio simile, quando si tratta di me Rachel è così noiosa... Ci ha rifilato una predica, raccomandandoci di non approfittare della casa libera per organizzare una festa e prosciugare i superalcolici di papà e mamma.

«Ma dài, Rachel, tornano a mezzanotte. Che festa vuoi che organizziamo?»

«E allora com'è che siete tutte così in tiro?» Rachel è sospettosissima, peggio dei nostri genitori. E ha solo sedici anni.

«Oh, hai ragione» ho ribattuto. «In effetti dovremmo portare le divise anche dopo la scuola. O magari dei sacchi, eh?»

Ha sospirato in modo irritante. «Non fate danni» ha detto ed è uscita.

Quant'è odiosa! Nessuna di noi era in tiro. Io per esempio non indossavo niente di speciale: jeans, maglietta e le mie adorate Converse rosa. Beh, in realtà mi ero anche messa un po' di mascara e le avevo sgraffignato il suo bel lucidalabbra nuovo, prima che rimettesse la trousse del trucco nella borsa. Ma in ogni caso non avremmo mai potuto organizzare una vera festa, dato che non conosciamo ragazzi. E poi le mie compagne di scuola non si presenterebbero mai a casa mia se le invitassi all'ultimo minuto. Perciò abbiamo ordinato al takeaway cinese. Quando venti minuti dopo hanno suonato alla porta mi sono precipitata ad aprire, convinta che fosse la cena.

Invece mi sono ritrovata davanti IL RAGAZZO PIÙ BELLO CHE AVESSI MAI VISTO IN VITA MIA! Per la sorpresa non sono riuscita a spiccicare una parola e ho continuato a fissarlo per un tempo lunghissimo (a me sono sembrati almeno dieci anni). Perciò lui, poverino, aveva l'aria un po' smarrita. Siamo rimasti a fissarci finché ha detto: «Ehm... vengo da parte di Smith, il giornalaio. Per i soldi...»

Era il nuovo ragazzo dei giornali! Nel weekend ce li consegnano a domicilio e il venerdì sera il ragazzo passa a raccogliere i soldi. Solo che fra questo qui e il solito tipo non c'è storia. Quello è un tappo che porta sempre una tuta piena di macchie. Paperboy II, invece, è alto e magro, con i capelli scuri, corti e ondulati, e gli occhi verdi. Al posto della solita tuta indossava dei jeans fighissimi, tutti consumati, e una fantastica maglietta di una band. Un tipo stupendo! Sulla porta di casa mia!

Appena si è presentato ho recuperato la parola e ho risposto: «Ehm, sì, i soldi... Devono essere qui, da qualche parte...». E mentre pensavo a come chiudere una frase così profonda con una battuta brillante, Cass e Alice mi hanno raggiunta strillando: «E la cena? Dài, Bex. Dov'è la nostra cena?». Poi hanno visto Paperboy e la sua bellezza folgorante ha lasciato SENZA PAROLE anche loro. Certo che se fa sempre questo effetto, la sua vita dev'essere piuttosto complicata! Per fortuna sul tavolo dell'ingresso c'erano una banconota da cinque euro e un biglietto della mamma con su scritto a stampatello SOLDI PER I GIORNALI. Ho pagato Paperboy e siamo rimaste a guardarlo come tre stordite innamorate cotte, mentre lui contava il resto da darmi. «Grazie!» ho detto. «Alla prossima settimana!» mi ha risposto (sììì!!!). Mentre chiudevo la porta gli ho sorriso. Poi tutte e tre ci siamo fiondate in soggiorno completamente esaltate. «Mi sono innamorata!» ha annunciato Alice. Devo ammettere che non me l'aspettavo, perché lei dovrebbe essere già innamorata di un tipo della St. Anthony School for Boys, che ogni mattina ci passa accanto in bici in Calderwood Road. Le piace da un anno, che è un sacco di tempo per avere una cotta per qualcuno con cui non hai mai parlato. Eppure le è bastato vedere di sfuggita quello splendore di Paperboy per dimenticarsi dell'oggetto del suo desiderio. Quel ragazzo è troppo affascinante!

In ogni caso, per conquistare Paperboy Alice dovrà vedersela con molte rivali. Cass e io, per esempio. E noi abbiamo un grosso vantaggio: viviamo in zona, mentre lei abita dalle parti di Kinsealy, lontano dal quartiere in cui lavora Paperboy. Praticamente in campagna. Prima che i suoi decidessero di trasferirsi, qualche anno fa, anche lei viveva in Glandore Road, a pochi passi da casa mia. Adesso ogni mattina sua madre le dà uno strappo fin quasi all'angolo della mia strada, io la raggiungo e andiamo a scuola a piedi, dopo aver recuperato Cass che abita lungo il percorso. Quindi Alice non incontrerà mai Paperboy, a meno che non venga da me un venerdì sera. Cass e io, però, non glielo abbiamo fatto notare, per non darle l'impressione che glielo dicessimo solo per farla ingelosire.

Hanno suonato di nuovo e per un attimo ho pensato che Paperboy fosse tornato perché era rimasto colpito dal nostro (anzi, dal mio) fascino, invece era soltanto la cena. Non c'è niente di meglio di Paperboy, però ci siamo fatte una bella scorpacciata fin quasi a sentirci male, ma ci siamo riprese in tempo per guardare *10 cose che odio di te,* il nostro film preferito. Gran bel film, anche se gli attori non sono nemmeno lontanamente carini come Paperboy, la nostra nuova passione. Poi abbiamo messo su Beyoncé e ci siamo divertite a ballare sul divano, finché Cass non è caduta, gli occhiali le sono volati via e per trovarli c'è voluta un'eternità.

Adesso è quasi l'una e le altre stanno dormendo. Di solito quando andiamo a dormire a casa di una di noi rimaniamo sveglie tutta la notte. Stasera però eravamo sfinite, forse per colpa del forte stress-da-rientro-a-scuola. E di tutti i discorsi su Paperboy.

Chissà come si chiama.

DOMENICA

A casa di Alice. Anche se per i miei gusti il posto in cui vive è troppo lontano dalla città, devo ammettere che è spettacolare. Abbiamo fatto una passeggiata (una vera passeggiata in campagna!) e abbiamo visto una volpe e dei conigli. Che bello! La volpe è saltata fuori da un groviglio di cespugli, ci ha fissate e poi si è rituffata tra i rami.

Era una splendida giornata di sole (niente pioggia, finalmente!) e mi è quasi venuta voglia di vivere fra le meraviglie della natura, altro che villette bifamiliari. Abbiamo attraversato uno splendido boschetto immerso nel silenzio. È strano, ma Alice non è un'attenta osservatrice. Io avvistavo di continuo conigli, scoiattoli e altri animali, mentre lei non faceva mai in tempo a vederli. Alla fine si è incavolata e mi ha detto che di conigli ne aveva già visti un sacco e non c'era bisogno di strillare come un'isterica ogni volta che ne vedevo uno. Secondo me è solo invidiosa, perché lei che vive in mezzo alla natura non ne beccava uno, mentre io, la cittadina, li vedevo appena sbucavano dalle loro tane. Invece che artista forse diventerò una zoologa famosa. E magari condurrò programmi tv, come David Attenborough, però più giovane. E in minigonna.

PIÙ TARDI

Mi sono appena ricordata (perché l'amore mi manda in confusione) che Paperboy deve essere passato da casa ieri e anche stamattina per consegnare i giornali! Che stupide! Come abbiamo fatto a dimenticarci di una parte così importante del suo lavoro? Anzi, della parte principale del suo lavoro. Incredibile, era a casa mia e io... beh, alla fine che cosa avrei potuto fare? Spalancare la porta mentre infilava i giornali nella cassetta delle lettere? Guardarlo di nascosto dallo spioncino? Sarebbe sembrato un po' strano, no? Anche perché quando consegnano i giornali io di solito dormo ancora. Però avrei potuto spiarlo dalla finestra della stanza di Rachel.

LUNEDÌ

Sono preoccupata per la mamma. Di sicuro, al cento per cento, non ha seguito il consiglio di Jocasta: iniziare a scrivere un nuovo libro prima che l'ultimo venga pubblicato. Insomma, l'ultimo è uscito mesi fa e ogni volta che le chiedo se ne ha iniziato uno nuovo mi guarda con un'espressione strana e mi dice che *va tutto bene*. Che vorrà dire, poi... Che ha il blocco dello scrittore e non scriverà mai più? Certo, per me sarebbe tutto molto più semplice, ma per lei no. Il fatto che sia una scrittrice famosa mi rende la vita un inferno (oggi Mrs Harrington era in formissima, un *mammina-show* delirante), ma lei adora scrivere e io non voglio che smetta. Forse sto facendo un dramma per niente, ma di solito quando lavora a una nuova storia la mamma ne parla di continuo. Ho letto che la maggior parte degli scrittori odia farlo. Lei no. Dice che parlare delle storie che scrive la aiuta a risolvere qualsiasi problema. Quindi è strano che faccia tanto la misteriosa. Ho chiesto a papà che cosa ne pensava, ma si è messo a ridere. «Non ti preoccupare Rebecca, tua madre sa quello che fa». Sarà... nel frattempo, però, la tengo d'occhio.

E comunque... fra qualche giorno ci sarà la festa per il suo libro. Lucy, la sua editor, arriverà apposta da Londra e si spera che almeno lei (Lucy, non la mamma) saprà cosa fare. Questo party si preannuncia molto elegante. La casa editrice lo organizza per celebrare il ventesimo anniversario della pubblicazione del primo romanzo della mamma (e forse anche per convincerla a scriverne un altro... scommetto che ormai anche per Lucy & Company questa faccenda del non-iniziare-un-nuovo-libro è un po' strana). Parteciperemo anche Rachel e io. Come sempre, del resto. Queste serate sono molto meno elettrizzanti di quanto si possa immaginare. Di solito siamo le uniche sotto i trent'anni e se qualcuno si prende il disturbo di rivolgerci la parola ci tratta come se ne avessimo cinque. Così ci consoliamo con le tartine (l'ultima volta Rachel era talmente annoiata che si è rimpinzata di minihamburger e papà è dovuto correre in farmacia a comprare il

Maalox!). Ah, non vedo l'ora… come no. Anche se tutta questa storia potrebbe avere un vantaggio: potrei ricattare la mamma per costringerla a comprarmi un vestito nuovo, anche se sarà meglio non contarci troppo. Di sicuro dirà di mettermi uno dei vecchi stracci di Rachel.

MARTEDÌ

Con Cass e Alice in un angolo dello spogliatoio, a parlare di Paperboy per quasi tutta la pausa pranzo. Cioè, più che altro abbiamo parlato di quante probabilità abbiamo di partecipare a un flash mob danzante. Proprio come succede nei film, quando qualcuno inizia a ballare e subito dopo anche quelli che stanno lì intorno si fanno avanti e nel giro di un minuto cominciano a fare tutti gli stessi passi. Per me e Cass è un sogno. Secondo Alice però non si realizzerà mai, perché in Irlanda sono tutti troppo repressi. Ha tirato fuori la storia della St. Mary School (la scuola in fondo alla strada dove fanno indossare quell'assurda giacca a righe) che a maggio aveva organizzato una delle sue noiosissime feste under 16. C'erano volute due ore prima che qualcuno trovasse il coraggio di ballare. Sembravamo tutti attaccati alle pareti con le calamite. Quando poi due ragazze della St. Mary si sono decise a farsi avanti mancava meno di un'ora alla fine della serata. Quella volta non abbiamo praticamente ballato, figuriamoci partecipare a un flash mob danzante! E poi la musica non era niente di che.

Cass e io, però, non eravamo dell'umore giusto per starla a sentire.

«Non fare la guastafeste, Alice» l'ha rimproverata Cass.

«Non fare la guasta-flash-mob, vorrai dire» ho precisato, e a quel punto abbiamo accennato un paio di mosse di danza-da-sedute per darle sui nervi. Con la danza-da-sedute ci si può divertire un sacco, basta muovere la parte superiore del corpo. Ci siamo esercitate in una serie di coreografie piuttosto complicate (dobbiamo essere sempre pronte, casomai toccasse a noi dare il via a un flash mob), che facevamo spesso l'anno scorso per animare un po' le noiosissime lezioni di geografia di Miss Kelly. E anche per allentare la tensione causata dai suoi terrificanti racconti di inondazioni ed ere glaciali.

Alice si è incavolata. «E va bene» ha sbottato, «facciamo finta che riusciate davvero a iniziare un flash mob danzante. Come vi sentireste se tutt'a un tratto comparisse Paperboy e vi vedesse?»

«Io contentissima» ho risposto orgogliosa, ed ero sincera. Scommetto che anche lui risponderebbe allo stesso modo. Nessuno può rimanere indifferente davanti a un flash mob danzante. Beh, a parte Alice la guastafeste, naturalmente. E se partecipasse anche Paperboy? Sarebbe grandioso! L'evento più sensazionale di tutti i tempi! Anche se controvoglia, pure Alice ha dovuto ammettere che sarebbe una figata. A quel punto la conversazione su Paperboy si è fatta un po' più seria. Non riusciamo a trovare un modo per parlargli, o almeno per scoprire come si chiama, senza fare la figura delle psicopatiche. Uffa, perché dobbiamo frequentare una scuola femminile del cavolo? Se solo ogni tanto avessimo l'opportunità di parlare con i ragazzi di qualcosa di diverso dal prezzo dell'«Irish Times», non saremmo costrette a escogitare tutti questi piani per pedinare Paperboy.

MERCOLEDÌ

Oggi Mrs Harrington è stata tremenda. Ci ha assegnato un tema per casa e dopo aver scritto le tracce alla lavagna mi ha guardata con un'espressione da esaltata e ha detto: «Miss Rafferty, non vedo l'ora di leggere il suo compito! La migliore alternativa a un libro di Rosie Carberry!». Va a finire che mi considera l'erede letteraria di mia madre... Il solo pensiero è a dir poco raccapricciante. E ovviamente il mio tema non avrà niente a che vedere con quegli orribili libri.

A casa ho di nuovo domandato alla mamma se si era rimessa al lavoro. Lei è scoppiata a ridere e si è rintanata nel suo studio. Sono preoccupata, credo che stia impazzendo. Di solito è una che lavora sodo. Ho chiesto a Rachel se pensa anche lei che la mamma stia diventando matta. Risultato: venticinque minuti di risate. «No, Bex» ha risposto dopo essersi ripresa, «non credo che stia diventando matta. Solo perché non ti ha spiegato a cosa sta lavorando, non significa che stia impazzendo. Anzi, sai che ti dico? Secondo me è già alle prese con un nuovo progetto, ma non vuole parlarcene».

Non ne ero convinta, perciò ho deciso di intrufolarmi nel suo studio per scoprire se aveva ripreso davvero a scrivere. E invece se ne stava comodamente seduta a leggere (udite, udite!)... «Kiss» e «Sugar»! Davvero strano, non legge *mai* le mie riviste: secondo lei sono soldi buttati e finiscono sistematicamente nel bidone della carta il giorno stesso in cui le compro (che poi è la stessa fine che fanno i suoi giornali e le sue riviste, come le ho fatto notare centinaia di volte, lei però dice che è tutta un'altra storia). Quando le ho chiesto che cosa stava combinando ha fatto un salto di tre metri e mi ha detto di non entrare mai più di soppiatto in quel modo. Si è rifiutata di dirmi perché stava leggendo le mie riviste e mi ha liquidata ordinandomi di andare a fare i compiti e di non seccarla più.

Che cavolo sta succedendo?

PIÙ TARDI

Un momento... le riviste che stava leggendo la mamma sono appena uscite! Le avevo viste in edicola, ma non le avevo ancora prese. Quindi LE HA COMPRATE LEI! Aiuto, non ci capisco più niente!

GIOVEDÌ

Ho raccontato a Cass e Alice dello strano comportamento della mamma. Si sono mostrate molto comprensive, ma non è che mi senta tanto rassicurata. Secondo Alice sta attraversando una specie di crisi di mezza età per cui cerca di ritrovare la giovinezza perduta. Questa storia non mi piace per niente. Vuoi vedere che inizia a vestirsi tutta trendy e a fare le ore piccole nei locali? Insieme a papà, magari?! Oh no! Una crisi di mezza età no per favore, non riuscirei a sopportare l'imbarazzo! Stasera è andata dalla sua amica Gemma, ma era vestita in modo piuttosto normale (per come può vestirsi normale una di quarantacinque anni) perciò non credo che se ne andrà in giro a divertirsi. Beh, a pensarci bene sono le undici e non è ancora tornata, quindi chi lo sa, magari a quest'ora sta ballando sul tavolo di un bar.

PIÙ TARDI

E comunque, anche se vuole ritrovare la sua giovinezza, è meglio che lasci perdere i quattordici anni. Noi in quei locali non ci possiamo nemmeno entrare. Piuttosto dovrebbe provare a comportarsi come se avesse vent'anni e leggere riviste tipo «Cosmopolitan».

SABATO

Ieri sera ho rivisto Paperboy! E non abbiamo parlato solo di giornali! Sono troppo felice, anche se Rachel è stata insopportabile: mi ha chiesto mille volte perché mi ero cambiata tanto in fretta e perché mi ero messa la collana di perline rosa che Alice mi ha portato da Berlino per il compleanno. E non ero neanche così in tiro, avevo solo la maglietta delle Sleater-Kinney con stampato un gatto e i miei jeans scuri fighi. Eppure ne ha fatto lo stesso un affare di stato.

Comunque, avevamo appena finito di cenare quando hanno suonato, sono scattata in piedi facendo cadere la sedia e mi sono fiondata fuori dalla sala. Ho aperto la porta e... eccolo! Bello come sempre! L'ho salutato con un sorriso: «Ciao». Lui ha ricambiato e ha detto: «Ciao, sono venuto per i soldi». Ha una bella voce, un po' rauca. Quanti anni avrà? Non sembra molto più grande di me. In ogni caso... gli ho chiesto di aspettare un attimo e sono andata in cucina, dove ho trovato Rachel con un orribile ghigno stampato in faccia. Mentre la mamma prendeva i soldi dal portafogli, Rachel continuava a guardarmi con quel suo sorrisetto compiaciuto, finché non ho retto più e le ho urlato: «Che c'è?» e lei: «Niente, niente». Quanto la odio...

Ho preso i soldi, sono tornata nell'ingresso (Rachel mi ha seguita soltanto per farmi innervosire) e li ho dati a Paperboy. «Grazie». «Prego» ho risposto. Lui si è voltato e si è incamminato lungo il vialetto. Aveva fatto solo qualche passo e io stavo per chiudere la porta, quando si è girato di nuovo e mi ha detto: «Ehi, forte la maglietta». Per la sorpresa sono rimasta senza parole, così l'ho guardato con l'aria imbambolata finché non sono riuscita a dire: «Ehm... l'ho comprata su internet». La frase più insulsa che potessi dire. Avrei dovuto pensare a qualcosa di più brillante, del tipo *Oh, l'ho comprata il mese scorso a New York*. Insomma, una bugia. Certo, lui avrebbe potuto iniziare a parlarmi di New York e allora avrei dovuto ammettere che non ci sono mai stata e avrei fatto la figura della pazza. Si è limitato a un *Ah ok*, mi ha salutata con un cenno della mano, è risalito in bici e ha ripreso il suo giro. Quando ho chiuso la porta ero in estasi, ma mi è passata subito, appena ho visto Rachel e quell'odiosa espressione sulla sua stupida faccia.

«Cavolo! Ti piace un casino...» ha commentato.

«Per niente» ho risposto, «è che ha un ottimo gusto per le magliette».

«Ah, quindi è per questo che ti sei messa tutta in tiro».

«Finiscila, sei solo invidiosa perché è stato carino con me e ha ignorato te».

«Ma se non mi ha neanche vista!» ha esclamato prima di ricordarsi di essere troppo grande e spocchiosa per prendere sul serio la sua sorellina. Così ha aggiunto con aria di sufficienza: «Comunque sono contenta per te, è bello che una volta tanto riesci a pensare a un ragazzo in carne e ossa e non a un personaggio inventato».

Ed è schizzata su per le scale prima che potessi saltarle addosso e ucciderla, e avrei tanto, tanto voluto farlo. La rabbia però mi è sbollita subito perché... PAPERBOY MI HA DETTO CHE GLI PIACE LA MIA MAGLIETTA! Ho chiamato Cass e le ho raccontato tutto.

In realtà mi sono sentita un po' in colpa. Quando le ho detto di Paperboy e del suo commento, è rimasta un attimo in silenzio. Non vorrei che pensasse che gliene parli solo per farla ingelosire. Spero che il nostro amore per Paperboy non ci allontani. Non credo che succederà, non siamo sceme e sappiamo bene che le amiche sono più importanti dei ragazzi (anche di quelli molto, molto carini con le Converse verde oliva), però è anche vero che la passione può fare brutti scherzi.

DOMENICA

Rachel mi sta facendo impazzire. Si comporta come una donna di mondo che conosce tutto dell'amore, neanche avesse venticinque anni. Invece ne ha solo sedici, e sta da appena sei mesi con il primo ragazzo della sua vita. Non mi molla un momento, sempre lì a chiedere se mi va di parlare con lei. No, non mi va. E anche se mi andasse, non ne parlerei con lei lo stesso. Non voglio darle la soddisfazione di chiederle consigli. Non succederà mai e poi mai.

Veramente la scorsa settimana è successo, quando le ho

domandato della mamma. Ma quello non conta. Non le chiederò mai e poi mai consigli sui ragazzi.

PIÙ TARDI

Anche se, in effetti, nelle faccende di cuore ha più esperienza di tutte le mie amiche.

PIÙ TARDI

Sì, ma è anche molto ma molto più irritante.

LUNEDÌ

Ora di storia. Una noia mortale. Stiamo studiando la Riforma e dobbiamo scrivere le nostre impressioni immaginando di assistere a una predica di Martin Lutero agli inizi del Cinquecento. Posso solo immaginare che pizza sarebbe stata ascoltarlo mentre straparlava della lettura della Bibbia in tedesco. Proprio come questa lezione. Per distrarmi, in fondo al quaderno ho disegnato Cass travestita da contadino-mangia-rape del sedicesimo secolo. Le ho appena fatto vedere il disegno e lei ci ha scritto sopra *perché il tuo autoritratto porta i miei occhiali?* Ahahah, molto divertente.

Stamattina Alice, Cass e io siamo arrivate in classe un po' in ritardo, quindi non ci siamo potute sedere vicine.

Io sono capitata vicino a Vanessa Finn. Quant'è insopportabile! Cioè, non in questo preciso momento, perché adesso se ne sta seduta a fissare con sguardo assente le immagini dei papi sul libro di storia. È insopportabile in generale. Come Caroline, la sua migliore amica. Vanessa continua a lamentarsi perché è costretta a frequentare una scuola pubblica e Caroline annuisce con aria comprensiva. Loro due non improvvisano mai una coreografia. Parlano soltanto di capelli e delle cose che compra Vanessa durante la sua spedizione settimanale al centro commerciale Dundrum, quando fa finta di essere della zona sud di Dublino. Alice, Cass e io, invece, non parliamo mai di capelli, anche perché i nostri sono davvero deprimenti. Beh, i miei e quelli di Cass perlomeno. Io ho dei banalissimi capelli castani mossi. Che non sarebbe poi questa tragedia se non fossero sempre così ribelli. Si arricciano con l'umidità, perciò li porto quasi sempre legati. Anche Cass ha i capelli ondulati. I suoi però sono di un castano dorato e sarebbero accettabili se non si ostinasse a tentare di farsi crescere la frangia ormai da una decina d'anni. Ce l'ha (almeno, ci prova) da quando la conosco (un anno), ma a quanto pare quando aveva undici anni se l'è fatta tagliare, e da allora fa di tutto per farsela ricrescere. Ogni volta che va dal parrucchiere, però, finisce che gliela spuntano per *incorniciarle il viso*, così si ritrova sempre al punto di partenza. Di fatto l'unica ad avere i capelli belli è Alice. Sempre in ordine, lucenti, di un biondo oro naturale, i capelli che nessuna irlandese ha, a meno che non se li tinga. Tutto merito di sua madre, che è tedesca e biondissima. È arrivata qui negli anni Ottanta, quando era ancora una studentessa, e per qualche incomprensibile motivo si è innamorata dell'Irlanda tanto da non riuscire più a separarsene. Pensava che fosse un luogo magico e quando ha capito che non lo era aveva già molti amici e stava con il padre di Alice. Quindi aveva comunque qualche motivo per farsela piacere. Alice parla tedesco correntemente. La prima volta che l'ho sentita rivolgersi a sua madre *auf Deutsch* (come dicono loro) mi ha fatto effetto. Che strano sentire la cara vecchia Alice parlare in perfetto tedesco. Ma tu guarda...

A scuola non lo studia, ma se l'avesse scelto prenderebbe tutte A perché, per quel che ne so io, lo parla meglio della nostra insegnante. E infatti lei sembra una vera tedesca, mentre Frau O'Hara fa pensare più a una di Cork che per puro caso parla tedesco. Che poi è la realtà. Comunque Alice sostiene che sarebbe stato sleale da parte sua studiare tedesco con un mucchio di ottuse che ci mettono due settimane per imparare a chiedere come si arriva a un ostello della gioventù. Sarebbe stata avvantaggiata, così ha scelto il francese come lingua straniera. Il fatto è che lei è troppo corretta (o forse troppo pazza). Io, invece, se mia madre fosse stata tedesca col cavolo che avrei scelto il francese! Capito adesso perché Alice è una persona migliore di me? Ogni tanto per aiutarmi mi propone di fare un po' di conversazione con lei, ma le dico sempre di no. Me lo chiede perché sa che il mio tedesco è davvero pessimo e le dispiace per me. Cass (che invece studia spagnolo) dice che mi comporto da stupida e che avere un'insegnante privata è un'occasione unica di cui approfittare. Il fatto è che mi imbarazza un sacco parlare con qualcuno così bravo mentre io sono una schiappa totale (anche se non credo che Frau O'Hara se ne renda conto, perché il suo tedesco è piuttosto tremendo. Almeno secondo Alice, io sono l'ultima persona che può dirlo).

MARTEDÌ

Oggi, per la prima volta in questo trimestre, Miss Kelly ha fatto una vera lezione di geografia senza parlarci, come al solito, della fine del mondo! Incredibile! Non lo avrei mai immaginato, ma in un certo senso è stato un sollievo sentirla parlare a ruota libera della Ruhr, e in generale dello stato pietoso dell'industria tedesca. Tutte quelle chiacchiere sulle onde di marea che potrebbero abbattersi su Dublino e ucciderci tutti mi facevano uscire di testa. E poi dentro di me iniziavo a temere che non avremmo mai studiato gli argomenti previsti per l'esame del terzo anno, perciò saremmo state tutte bocciate. Ovvio, qualunque diversivo che possa far perdere il filo del discorso a una prof è sempre gradito (ecco perché cerchiamo sempre di farci raccontare da Mrs O'Reilly di quella volta che, mentre visitava un antico anfiteatro, suo marito è volato giù dalle scale ed è finito nella fossa dei leoni). Ma Miss Kelly non segue il programma scolastico da gennaio. Le verifiche estive (tutta la classe ha preso A) sono state sui gas serra, ma purtroppo la fine del mondo non sarà un argomento dell'esame. Non che mi interessi la geografia, anzi. Però non voglio neanche essere bocciata. Si è preoccupata perfino Cass, che riesce sempre a prendere A senza sforzo ed è la prima a chiedere a Mrs O'Reilly di raccontarci dei gradini degli anfiteatri romani e di quanto siano scivolosi!

Mercoledì

Oggi Miss Kelly ci ha parlato dei fiumi francesi. Stavo per addormentarmi. Per fortuna che Cass mi ha tirato un calcio.

Giovedì

Oh mamma mia... darei qualunque cosa perché Miss Kelly ci parlasse di onde di marea alte chilometri, qualunque cosa! Sono quaranta minuti che va avanti con la storia delle quote latte stabilite dall'Unione Europea!

PIÙ TARDI

Ho deciso: mia madre ha bisogno del mio aiuto per liberarsi di questo terrificante blocco dello scrittore. Stasera l'ho detto a Rachel e lei è scoppiata a ridere. Mi fa piacere che lo trovi tanto divertente. Quando sarò riuscita da sola a salvare la carriera della mamma ne riparleremo. Ovviamente per ora non ho la più pallida idea di come fare, ma qualcosa mi verrà in mente. La mia vita è una tale noia... ho un sacco di tempo libero per spremermi le meningi e trovare una soluzione. Pare che tutti i libri di successo per adulti parlino di tre donne che sembrano molto diverse, ma che in realtà sono identiche (a parte per il colore dei capelli) e di come la loro amicizia le sostenga nei momenti di difficoltà. Nel nuovo libro della mamma, però, di sicuro non mancherà una *mammina amorevole* (decisamente diversa dalla mia) che dispensa perle di saggezza alle proprie figlie. Potrei scriverlo anch'io. Che ci vorrà mai?

VENERDÌ

Forse Miss Kelly ha trovato una via di mezzo. Per mezz'ora ha fatto una lagnosissima lezione di geografia, ma poi si è lanciata in un appassionato discorso su quanto è dannoso gettare carta sporca nel bidone della raccolta differenziata. È bello che sia tornata in sé. Cioè, proprio bello no, perché ci fa venire sempre un po' d'angoscia e quando esagera la notte ho gli incubi sulla fine del mondo. Comunque, sempre meglio che sentirla parlare del PIL del Belgio.

Dopo la scuola, da Cass. Alice non è potuta venire. Martedì scorso il suo maestro di chitarra stava male e ha dovuto spostare la lezione a oggi. Alice sta imparando a suonare la chitarra classica, e se la cava anche piuttosto bene. Anche se non ha la chitarra elettrica, ma solo una acustica con grosse corde di plastica. I pezzi che suona però sono una gran figata. Suo padre dovrebbe averne una elettrica da qualche parte, ma senza amplificatore, quindi inutile.

Suo fratello invece è così fastidioso... Eravamo nella stanza di Cass, tutte prese da una conversazione seria (oddio, seria... in realtà mi stava raccontando il suo sogno ricorrente, in cui Miss Kelly la sfida a duello come nei tempi antichi e lei ha soltanto ventiquattr'ore a disposizione per imparare a usare la spada. Non sa che cavolo significhi. E nemmeno io, anche se ho alcune teorie che c'entrano col riscaldamento globale). Mentre parlavamo, Nick ci interrompeva continuamente dicendo idiozie schifose, tipo *lo sapevate che il corpo umano è composto per il 90% di moccio?* (che PER FORTUNA non è vero!). È *davvero* un rompiscatole. Mi fa addirittura apprezzare Rachel, e ce ne vuole...

LUNEDÌ

Ho dato il via al mio piano per far ritrovare l'ispirazione a quella povera infelice di mia madre. Oggi ho passato tutta la giornata a inventare storie straordinarie per lei (una piacevole distrazione dalla noia devastante delle lezioni) e cercando di sembrare il più naturale possibile ho iniziato a usarle come argomento di conversazione, sperando di stimolare la sua creatività. Anche se finora mi sono già occupata da sola di tutta la parte creativa: ho praticamente scritto quattro libri... nella mia testa. Ho iniziato a mettere in pratica il piano mentre aiutavo la mamma a preparare la cena e pelavo patate come una schiava (chissà che cosa penserebbe Mrs Harrington se scoprisse che fra le mura di casa la sua adorata Rosie Carberry sfrutta il lavoro minorile). La mamma armeggiava con una grossa casseruola arancione e mi assillava perché insieme ai bitorzoli violacei non tagliassi via anche mezza patata. «Sai, mamma, oggi a scuola ho sentito una storia molto interessante».

«Ah, sì? Più interessante che sbucciare per bene quelle patate?»

«Certo... Una mia compagna ci ha raccontato di sua zia. A quanto pare, questa signora aveva due care amiche fin dai tempi della scuola. Una faceva l'insegnante, si annoiava a morte ed era molto insoddisfatta perché doveva parlare tutto il giorno di onde di marea alle sue studentesse, un'altra gestiva un elegante hotel in cui le capitava di incontrare un sacco di uomini affascinanti, e l'ultima invece faceva l'infermiera ed era, come dire, molto *virtuosa*».

«Veramente? E quale delle tre era la zia della tua amica?»

«Ehm... l'infermiera. No, scusa, l'insegnante. In ogni caso, con il passare del tempo tutte e tre si sono perse di vista. Poi un giorno si sono incontrate di nuovo e si sono raccontate le loro storie. Oh, sono anche andate in vacanza insieme e l'infermiera ha trovato l'amore per la prima volta nella sua vita. Mentre l'insegnante ha imparato a inseguire i propri sogni e ha deciso di visitare tutti i luoghi di cui aveva parlato a lezione».

«Affascinante» ha commentato la mamma. «E la direttrice dell'hotel?»

«Ha deciso che... ehm... flirtare con tutti i suoi ospiti le piaceva molto. Insomma, era contenta così».

«Wow, che storia!»

«Beh... ho pensato che ti potesse interessare» ho detto rivolgendole un'occhiata eloquente. Lei però non guardava me, ma fissava il vuoto con una strana espressione. Possibile che la storia dell'ispirazione avesse già funzionato?

MARTEDÌ

No, non credo proprio che abbia funzionato. Stasera l'ho sentita parlare al telefono con Jocasta. Prima di tutto ridacchiava come una squilibrata. Ma perché non riesce a ridere come una persona normale quando è al telefono? Sembra un cavallo. Forse è una risata studiata, un po' come chi parla con voce snob soltanto al telefono. Ma io dico, se si doveva impegnare così tanto per inventarsi una *risata da telefonata*, perché sceglierne una che somiglia al verso di un animale da fattoria? «No, Jocasta. Non lo sanno» stava dicendo. «Che vuoi che sia!». Poi si è accorta che la porta del soggiorno era aperta ed è salita nella sua stanza. Da quel momento non ho sentito più niente. Di che stava confabulando?

E se stesse male? Sono un po' preoccupata.

MERCOLEDÌ

Stasera ho messo alle strette papà mentre preparava il risotto. «Papà, ma che ha la mamma?» ho sussurrato. «Perché non lavora a un nuovo libro?»

Mi ha guardata. «Bex, ma allora sei preoccupata sul serio per questa storia?»

«Sì» ho risposto. «Ho paura che non riesca più a scrivere e allora sarebbe tristissima e...»

Mi vergogno a dirlo, ma a quel punto sono scoppiata a piangere. Papà è stato molto carino e anche se ormai quando i miei provano ad abbracciarmi li liquido con un *lasciami!* e me la svigno in tutta fretta per evitare le loro strette appiccicose, questa volta farmi abbracciare non mi è dispiaciuto per niente. Papà mi ha detto serio di non preoccuparmi, perché la mamma non aveva nessun blocco dello scrittore e, anzi, presto ci avrebbe fatto una bella sorpresa. «E piacerà soprattutto a te» ha continuato riuscendo a tirarmi un po' su di morale. Forse la mamma sta scrivendo la sceneggiatura di un film in cui io avrò una parte! O forse adatteranno uno dei suoi libri per il cinema, sceglieranno attori cool e superfamosi. Adesso sì che non vedo l'ora che arrivi quella stupida festa per il lancio del libro!

GIOVEDÌ

Domani è il giorno della festa in onore della mamma e lei non si è ancora rimessa al lavoro. O, se l'ha fatto, non ce l'ha comunicato. E questo non è da lei. Adesso è in giro per negozi alla ricerca di una borsa che si abbini al vestito per la serata. Sono davvero molto preoccupata, anche se Rachel mi ha fatto notare (questa volta in tono gentile e non con quella sua solita, detestabile aria spocchiosa) che se la mamma avesse davvero il blocco dello scrittore non sarebbe così allegra. Piangerebbe a dirotto e frignerebbe per lo sconforto. Non riesco proprio a immaginare la mamma che frigna, e comunque non è una cosa piacevole a cui pensare. Eppure riguardo alla faccenda del blocco dello scrittore credo che Rachel ci abbia visto giusto.

«Ma allora secondo te che cosa le sta succedendo?» le ho domandato.

«Niente, davvero. Credo che stia lavorando a qualcosa. Ogni mattina si chiude nel suo studio, come sempre. E sembra che stia benone».

«Ma allora perché non ci dice niente?»

«Forse perché ha in mente qualcosa di cui non vuole parlarci. Non so… magari sta cambiando genere letterario». A quel punto si è interrotta e ha assunto di colpo un'espressione vagamente disgustata. «Cavolo, Bex! E se stesse scrivendo roba spinta?». Mi ha fissata inorridita. L'ho fissata anch'io. «Che ne so, tipo un romanzone sexy. Come… Louise Bagshawe, Jilly Cooper o Jackie Collins. Insomma… un romanzo porno!»

«Che cosa?!» ho esclamato. Terrificante! Già è atroce avere una madre che racconta di *mammine irlandesi tutte pimpanti e delle loro figlie maliziose*. Ma averne una che scrive roba porno sarebbe miliardi di volte peggio! Non riuscirei davvero a sopravvivere.

«Oddio, pensa che vergogna! E non potremmo nemmeno leggerlo. Tutt'al più immaginarcelo… Arghhhhh. Rimarremmo traumatizzate a vita».

«Sfido che non ci ha detto niente» ho commentato crollando sul divano. «Mi sento male».

«E io peggio» ha aggiunto Rachel ed è crollata accanto a me.

«Proviamo di nuovo a parlare con lei?»

«Oh, per favore Bex. Ci abbiamo già provato tutt'e due» ha risposto esasperata. Ma allora *anche lei* aveva chiesto alla mamma del suo nuovo progetto! Lo sapevo! Tutta la faccenda le sembrava allucinante. E poi l'esagerata ero io! «Non è che improvvisamente si deciderà a dirci qualcosa...»

Poi ha squillato il telefono. Abbiamo fatto un salto di tre metri. Probabilmente eravamo tutt'e due convinte che fosse la mamma per ricordarci di mettere la teglia nel forno. Invece era Tom. Adesso Rachel sta parlando con quella sua voce da sono-al-telefono-con-Tom. Bleah. Però lei almeno ha un ragazzo che la consola per questa storia della madre pornografa. Io invece non ho né Cass né Alice, sono andate al cinema (io no perché hanno scelto un film horror, e io i film che fanno paura proprio non ce la faccio a guardarli al cinema... in realtà non li guardo nemmeno a casa, e se proprio capita mi piazzo sulla porta del soggiorno così alla prima scena disgustosa posso fiondarmi in corridoio). Per fortuna domani vedrò Paperboy, il mio futuro amore.

CINQUE MINUTI DOPO

E invece no, perché sarò a quella stupida festa!

Mia madre mi sta rovinando la vita!

SABATO

AUTRICE DI BESTSELLER SCOPRE NUOVO GENERE

Rosie Carberry è determinata a conquistarsi una nuova generazione di fan con la pubblicazione del suo primo libro per ragazzi. *Vinca la migliore* è un successo editoriale annunciato. Rosie ha due figlie, Rachel di sedici anni e Rebecca di quattordici, e afferma che sono state proprio le loro pagliacciate a fornirle lo spunto per la sua storia.

Pagliacciate. PAGLIACCIATE! Io non faccio pagliacciate! E che cavolo! Odio mia madre. E pensare che mi stavo perfino preoccupando di aiutarla a liberarsi dal blocco dello scrittore. A questo punto mi auguro che le duri per sempre, visto il risultato. Un romanzo per ragazzi! Ufficialmente ispirato alle mie *pagliacciate*! Come ha potuto? Non glielo perdonerò mai e poi mai!

Ero convinta che Mrs Harrington fosse perfida quando mi paragonava a quelle agghiaccianti svitate tutte boccoli. E invece ora quella Crudelia di mia madre dichiara pubblicamente di aver creato un personaggio ispirandosi a me! E a Rachel, ovvio. Anche se Ruthie O'Reilly (l'eroina di quell'orrenda mostruosità che è il suo libro) ha quattordici anni. E di sicuro penseranno tutti che sono io.

A ogni modo… Come dimostra questo articolo, che ho incollato su una pagina del diario soltanto per dimostrare che la serata da incubo di ieri non l'ho affatto sognata, alla festa per il libro della mamma ci aspettava proprio una bella sorpresa. È venuto fuori che non si celebrava soltanto il ventesimo anniversario della pubblicazione del suo primo romanzo, ma anche *il suo esordio nell'elettrizzante mondo della letteratura per ragazzi*. Almeno secondo quanto scrive l'«Irish Times» di oggi.

Ieri è stata la sera peggiore di tutta la mia vita. E oggi si preannuncia il giorno peggiore. Tanto per cominciare ho aperto la porta in pigiama e ci ho trovato Paperboy (sulla porta, non nel mio pigiama). Stavo facendo uscire Bumpers, il nostro gatto, che odia fare i bisogni nella lettiera come tutti i gatti normali e la mattina vuole per forza andare fuori. Ero ancora così intontita dalla sera prima che ho dimenticato che era sabato, l'unico giorno in cui ci consegnano il giornale a casa. Così quando mi sono ritrovata a quindici centimetri da Paperboy ho strillato, ho fatto un passo indietro e ho calpestato Bumpers, che ha strillato a sua volta ed è schizzato fuori passando tra le caviglie di Paperboy. Insomma, una scenetta degna di un circo sfigatissimo.

E così fra la porta che si spalanca di botto, io che strillo (e pure con i capelli tutti per aria), un gatto che schizza fuori miagolando e quasi lo travolge, Paperboy si è preso un bello spavento, ha urlato ed è saltato giù dal gradino facendo cadere tutti i giornali, che si sono sparpagliati ovunque e dalla pagina tre dell'«Irish Times» è sbucata fuori una megafoto mia a colori. E va bene, mia con la mamma e Rachel. Sembrava che noi due facessimo le smorfie all'obiettivo, mentre la mamma sorrideva raggiante come una squilibrata. Ero così sconvolta che ho dimenticato di scusarmi con Paperboy per averlo spaventato. Anzi, c'è mancato poco che strillassi di nuovo. Mentre raccoglieva i giornali, infatti, si è accorto che fissavo qualcosa e ha detto: «Ehi, scusa se ti ho messo paura. Ehm, sei tu?»

«Chi?» ho ribattuto come un'idiota.

«Questa» ha risposto lui raccogliendo educatamente un giornale e porgendomelo per mostrarmi l'immagine in tecnicolor mia e di quella perfida traditrice di mia madre. «E questa». Ha sollevato una copia tutta scompaginata dell'«Irish Indipendent» su cui spiccava una gigantografia mia e della mamma. Impossibile trovare le parole per descrivere l'espressione allucinata che avevo in quella foto.

«Oh nooo…»

«Mi sembrava di averti riconosciuta!» ha esclamato ficcando nella borsa l'ultimo giornale. Poi mi ha sorriso. «Ciao!». A quel punto se n'è andato e io sono rimasta lì in pigiama a fissarlo come un'ebete. Adesso mi sono chiusa in camera e da qui non uscirò mai più. La mamma continua a bussare e a ripetere: «Dài, Bex. Dovrai pur mangiare prima o poi». In effetti sto morendo di fame. Ma non assaggerò nemmeno una briciola del suo orribile cibo. Piuttosto esco a comprarmi qualcosa.

CINQUE MINUTI DOPO

Peccato però che i soldi me li abbiano dati lei e papà (che per la cronaca si è rivelato altrettanto cattivo visto che sapeva fin dall'inizio di quel libro malefico). Quindi tecnicamente sarebbe sempre il *loro* cibo. Uffa.

Per non pensare ai morsi della fame scriverò quello che mi è successo ieri sera, la sera peggiore di tutta la mia vita, ribadisco. Già da un po' la mamma era in uno strano stato di agitazione e tensione, anche se ovviamente adesso so che aveva la COSCIENZA SPORCA perché sapeva perfettamente cosa sarebbe successo. Rachel e io eravamo tutte in tiro e lo splendido vestito di Topshop che avevo ricevuto per il mio compleanno, e che non avevo messo quasi mai, mi stava proprio bene e per miracolo i capelli erano al loro posto (forse perché avevo fregato un po' del balsamo Bumble and Bumble che la mamma nasconde gelosamente sotto il letto). Così quando siamo usciti ero piuttosto soddisfatta. Purtroppo ignoravo in che incubo mi sarei ritrovata di lì a poco. All'hotel (eh già, la casa editrice aveva affittato una fantastica sala in un elegante hotel) abbiamo trovato Lucy, l'editor della mamma, e Jocasta, la sua agente, e un sacco di giornalisti e amici. Insomma, la solita scocciatura. C'erano anche dei fotografi, che ci hanno immortalate in una serie di scatti con la mamma (ancora non immaginavamo nemmeno che fine avrebbero fatto quelle foto). Rachel e io abbiamo salutato tutti educatamente, poi è passato un cameriere con lo champagne e Rachel ha chiesto il permesso di prenderne un bicchiere ma la mamma ha risposto di no, magari dopo, per il brindisi, allora Rachel le ha chiesto se poteva prendere un bicchiere di vino e la mamma ha detto di nuovo no, così io e Rachel ce la siamo svignata e ci siamo nascoste dietro una colonna con la speranza di passare inosservate e che nessuno ci chiedesse di parlare dei libri della mamma.

«Cavolo, qui è una noia mortale» si è lamentata Rachel, guardando l'orologio. «Chissà quando ce ne potremo andare».

«Fra ore e ore» ho risposto cupa. «Sai se è rimasto qualche minihamburger?». I minihamburger sono l'unica cosa positiva di queste serate. Chissà perché sono più buoni degli hamburger tradizionali. Ho pensato che mi avrebbero aiutata ad alleviare la sofferenza, ma anche quel piacere mi è stato negato.

«No» ha risposto Rachel. «Papà ha appena mangiato l'ultimo. Ehi, guarda. Sta per parlare Lucy».

«Grandioso, un discorso! Non sto più nella pelle».

Ma il peggio doveva ancora arrivare e io non lo sapevo.

All'inizio sembrava un discorso come tanti altri. Lucy era lì che raccontava della sensazionale carriera della mamma e del suo contributo alla letteratura irlandese e di come fosse stata una delle prime scrittrici irlandesi ad avere ottenuto un successo a livello internazionale (secondo me ha esagerato un tantino, se fosse davvero un'autrice di fama internazionale non vivremmo a Drumcondra in una villetta bifamiliare, piuttosto abiteremmo in un palazzo a Killiney. Non è che voglia vivere a Killiney, ma non mi dispiacerebbe neanche una casa più grande. Con vista mare, magari. Anche se forse la potrei trovare da qualche altra parte, non so... a Clontarf, per esempio. Vabbè...). Il discorso durava ormai da un po' e io mi ero estraniata. Fissavo con desiderio un vassoio di minihamburger che era apparso all'improvviso dall'altra parte della sala. È stato allora che Lucy ha detto: «Ma il vero motivo per cui ci troviamo riuniti qui stasera è l'inizio di una nuova fase della carriera di Rosie. Come la maggior parte di voi saprà già, il suo nuovo libro si rivolge a un pubblico totalmente diverso. I ragazzi!»

Vorrei poter dire che erano tutti sbigottiti. In realtà le uniche che si fissavano inorridite eravamo Rachel e io mentre gli altri annuivano con l'aria di chi la sa lunga, quasi fossero già informati di tutto.

«Come sapete, Rosie ha due figlie adolescenti e ha deciso di cimentarsi in qualcosa che loro, e i loro amici, possano apprezzare» (tanto per essere chiari: niente di quello che scrive mia madre potrà mai piacermi, e lo stesso vale per i miei amici). «Tutti noi alla Peregrine sentiamo parlare da tempo di Rachel e Rebecca. Così, quando un anno fa Rosie ha proposto un libro ispirato alle loro vicende, abbiamo accolto l'idea con piacere. E non ce ne siamo pentiti. *Vinca la migliore* sarà il titolo di punta della collana per ragazzi di questa stagione!». E ha mostrato uno stupido libro con in copertina una ragazza imbronciata che indossava un paio di stivali UGG. C'è mancato poco che vomitassi.

Poi è stata la volta della mamma. Ha preso il microfono evitando in tutti i modi di incrociare il nostro sguardo, forse perché nemmeno lei avrebbe avuto la faccia tosta di blaterare di quel suo orrendo libro sotto i nostri sguardi cupi. Ha ringraziato Lucy, la casa editrice, la sua agente e tutti i presenti e proprio quando pensavo che sarei svenuta per un attacco di noia mista a rabbia, ha detto: «Naturalmente il ringraziamento più grande va alla mia famiglia: mio marito Ed e le mie due stupende figlie, Rachel e Rebecca. A volte le ragazze mi fanno impazzire» (risata generale come se avesse fatto una battutona) «ma senza di loro Ed e io ci sentiremmo persi. Sono un vero spasso!»

Dopo un *ohhh* commosso, tutti si sono girati per studiare con facce inebetite la nostra reazione a quel discorso così toccante. Forse si aspettavano di trovarci in lacrime o di leggere sulle nostre labbra frasi del tipo *ti vogliamo bene*. Sbagliato! Noi due ce ne stavamo immobili a guardare in cagnesco quell'orrendo essere subdolo che è nostra madre.

Lei si è schiarita la gola e ha proseguito. «Le ragazze non sono esattamente delle fan dei miei libri. Se non sbaglio, è stata Rebecca a definire l'ultimo *carino se ti piace il genere*.

Così ho deciso di scriverne uno che avrebbero di sicuro apprezzato. Un libro sul loro mondo».

O MIO DIO! Ma allora è di questo che si tratta?! La punizione per aver preso in giro quelle malefiche ballerine irlandesi? È un'ingiustizia!

La mamma ha continuato con le sue farneticazioni. «Gli anni della mia adolescenza si perdono nella notte dei tempi» (e tutti giù a ridere come se stesse raccontando una barzelletta, quando in realtà è la pura e semplice VERITÀ). «Ma il ricordo è ancora vivo, grazie soprattutto a Rachel e Rebecca. Le loro pagliacciate mi hanno fornito lo spunto per la mia storia, ma anche le riviste per ragazzine si sono rivelate piuttosto utili. Credo che le ragazze si siano chieste a cosa mi servissero!»

Ci puoi scommettere! E io che pensavo che stesse attraversando una crisi di mezza età! Invece si stava solo preparando a mettermi in imbarazzo davanti a tutti. L'altra sera ho perfino PIANTO perché temevo che non stesse bene. Non sarò mai più carina con lei. MAI PIÙ.

«Scrivere il libro mi è piaciuto davvero tanto» ha ammesso. «E sto già lavorando al seguito. Quindi... spero che piaccia anche a voi!»

Applausi fragorosi. Che imbecilli! Poi ognuno se n'è andato in giro per la sala a chiacchierare e mangiare tartine. Rachel e io siamo rimaste al nostro posto pietrificate.

«Non è possibile» ha commentato Rachel. «Come ho fatto a non sospettare niente?»

«Con che coraggio ci ha spiate e ha progettato di scrivere un libro a nostra insaputa!» ho aggiunto.

«Già. Bex, secondo me questa faccenda è più seria della storia del porno».

Proprio in quel momento papà ci è venuto incontro con un sorriso smagliante stampato in viso.

«Ragazze!» ha esclamato come se sua moglie non ci avesse appena DISTRUTTO LA VITA. «Che ve ne pare?»

«Tu lo sapevi?!» ha strillato Rachel.

Papà aveva l'aria confusa. «Ovvio» ha risposto. «Che succede? Non siete elettrizzate?»

«Certo che no!» ho risposto. «Sarebbe questa la famosa *sorpresa* della mamma?»

«Ehm… sì».

«Beh, sai che c'è? Non mi piace per niente!» ho urlato.

«Ma perché?». Adesso sembrava molto confuso. E a lui succede spesso. Capita, se ti isoli dal resto del mondo e insegni storia da vent'anni.

«Perché ha scritto un libro e ha appena comunicato al mondo che è su di noi» ha risposto Rachel. «Insomma, già è un tormento dovermi sorbire tutte le volte che la incrocio in corridoio quell'orrenda insegnante e le sue chiacchiere sui libri della mamma e su quanto dobbiamo adorarli. E non è nemmeno una delle mie prof…» (ahah! lo sapevo che Mrs Harrington non l'avrebbe lasciata in pace). «Adesso ci si mette pure la mamma che annuncia a tutti di aver scritto un libro su di noi. Credi davvero che ci possa far piacere? È umiliante!»

«Per me è ancora peggio» ho aggiunto. «Ha appena detto che la protagonista del libro ha quattordici anni. Penseranno tutti che sia io».

«Beh, che c'entra? Anch'io ho avuto quattordici anni» ha precisato Rachel.

«Ragazze! Vi comportate come due stupide. Mi dispiace che ci siate rimaste così male, ma non capisco quale sia il problema. Vostra madre è molto entusiasta del libro e sta già lavorando al prossimo. La settimana scorsa eravate convinte che avesse il blocco dello scrittore! Bex, tu hai addirittura pianto!»

«MEGLIO il blocco dello scrittore di un orribile libro su una tipa che porta stivali inguardabili e in cui tutti vedranno me!»

«Oh, no...» ha detto Rachel. «Se penseranno che parla di noi, tutti quelli che conosciamo lo leggeranno. Che vergogna...»

A quel punto la nostra nemica, cioè nostra madre, ci ha raggiunti sfoggiando una specie di sorriso idiota.

«Allora, ragazze? Vi è piaciuta la mia sorpresa?»

«Se con *vi è piaciuta la mia sorpresa* intendi *vi è piaciuto essere messe in imbarazzo davanti a tutti*, la risposta è *per niente*!» ha sbottato Rachel. È stato divertente vederla fare la spocchiosa con la mamma. Di solito quando si incavola con lei davanti a me si sforza di fare l'adulta sofisticata.

Ora… siccome non viviamo in una reggia e io non sono sorda, so bene che anche lei può… come dire… dare in escandescenze quando è convinta che non la posso sentire. Ma io la sento sempre.

La mamma sembrava sinceramente frastornata.

«Imbarazzo? E perché?»

L'abbiamo fissata.

«Madre» ho detto cercando di mantenere la calma. «Come hai appena ammesso, hai scritto un libro ispirandoti a noi. E tutti quelli che ci conoscono lo leggeranno. NON TI BASTA?»

«Odio dirlo mamma, ma Bex ha ragione. Sul serio. Faremo la figura delle idiote. Ma come ti è saltato in mente?»

«Ero convinta che vi sarebbe piaciuto! Non leggete mai i miei libri, così ho pensato che questo potesse interessarvi!»

Nonostante tutto mi dispiaceva un po' per lei.

«E comunque come fate a dire che vi metterà in imbarazzo? Non l'avete ancora letto. È divertente, i vostri amici l'adoreranno!»

«Non mi serve leggerlo per sapere che sarà imbarazzante» ho precisato. Era sempre più frastornata e cominciavo a sentirmi quasi in colpa.

«Ma…» aveva appena aperto bocca quando una delle sue amiche scrittrici ci è venuta incontro.

«Rosie!» ha esclamato. «Chi l'avrebbe mai detto… Libri per ragazzi!». Ha guardato me e Rachel con aria di sufficienza. «Anche se c'era da aspettarselo che prima o poi avresti scritto qualcosa per le tue bambine!»

A quel punto ho smesso di sentirmi in colpa. E dalle nostre espressioni la mamma deve aver capito che non saremmo riuscite a contenere la rabbia ancora per molto.

«Ehm… sì» ha risposto. «Ehi, hai già conosciuto Conor Hamilton? È laggiù, vieni che te lo presento…» e ha portato via quell'antipatica.

«Vado a casa» ho detto. «Rachel, vieni anche tu?»

«Sì» ha risposto. Poi tutte e due abbiamo avuto un attimo di esitazione. «Ehm, ci dài i soldi per l'autobus, per favore?» ha domandato Rachel. «Non ho il portafogli».

«No» ha risposto papà visibilmente arrabbiato. Un fatto davvero eccezionale, perché lui la calma non la perde quasi mai. «Non posso crederci! Non avete più l'età per comportarvi come due mocciose. Ascoltatemi bene… Tutti gli amici e i colleghi di vostra madre sono qui e non voglio che facciate scenate davanti a loro. Non sarebbe giusto nei suoi confronti».

«Non è giusto nei *nostri* confronti, casomai» ho borbottato.

Mi ha guardata di traverso. E gli riesce incredibilmente bene, quando vuole. «Lo so, siete un po' sorprese. Ma non per questo dovete comportarvi come se aveste cinque anni, ok?»

«Ok» ha risposto Rachel, ma ha alzato gli occhi al cielo per mettere in chiaro che non era per niente d'accordo.

«Almeno posso prendere un bicchiere di vino?»

«No» ha risposto papà. «Cioè... e va bene... uno solo. Ma tu no» ha precisato guardandomi. Tanto non mi andava comunque. Dopo un solo bicchiere forse avrei provato ad annegarli tutti nel vino, i miei dispiaceri, e sarei diventata un'alcolizzata. E allora la mamma sì che avrebbe avuto una storia da raccontare. In quel momento si è avvicinato un cameriere con un vassoio di bevande, Rachel ha preso un bicchiere di vino, io un succo d'arancia e ci siamo sedute in un angolino a mangiare tartine.

«Guardala» ha esordito Rachel. «Guarda come chiacchiera con quei suoi amici ridicoli (ma che si è messo quello lì, un farfallino di velluto?). Come se non avesse nessuna preoccupazione».

«E infatti non ne ha. Non è lei che verrà umiliata quando tutti quelli che conosce leggeranno il suo stupido libro».

«E pensare che ero DISPIACIUTA per lei!» ha esclamato Rachel. Siamo rimaste al nostro posto a lanciarle occhiatacce e mangiare tartine, cercando di non sporcarci di pomodoro (con quegli stuzzichini minuscoli si combinano sempre pasticci) finché FINALMENTE papà ci ha accompagnate a casa (la mamma si è trattenuta lì, forse per non doverci affrontare). Sono andata a letto e mi sono risvegliata sperando che fosse stato solo un brutto sogno, invece... beh, ho già detto tutto.

Ho appena chiamato Alice per raccontarle dei miei guai, ma era a casa di quella svitata di sua zia Fran e quando ho provato al cellulare è partita subito la segreteria e non sono riuscita a parlarle. Cass era a lezione di pianoforte, così anche con lei niente chiacchierata. Sono incavolata nera. Che vita d'inferno! E come se non bastasse ho una fame che non ci vedo. Ma mi rifiuto di scendere in cucina.

VENTI MINUTI DOPO

La mamma si è appena avvicinata alla porta della mia stanza.

«Rebecca?»

«Vai via!». Un momento… ma che cos'è quest'odore? Pane tostato? Prova a convincermi con il cibo!

«Senti, lascio il libro qui fuori. Sono sicura che ti piacerà. Nessuno penserà che parla di te, davvero».

«Come no!» ho esclamato. Lo so, avrei potuto trovare una risposta più brillante, ma stavo letteralmente morendo di fame.

Ho aspettato che scendesse e ho aperto la porta. A terra c'era una copia di quello stupido libro con sopra un piatto di uova strapazzate e del pane tostato.

Ho preso tutto, ho spazzolato uova e pane in un secondo e mi sono sentita un po' meglio. Visto che mi sembrava di digiunare da secoli ho pensato che fossero almeno le due, ma poi ho controllato ed erano soltanto le undici e mezzo.

Questa giornata è interminabile! Adesso me ne sto qui con quel tormento di libro che, a giudicare da quanto ho letto sul risvolto di copertina, dev'essere orrendo! Parla di una ragazza di nome Ruthie (cavolo... mia madre è un caso patologico. È talmente ossessionata dalla R che non riesce a trovare un nome che inizi con un'altra lettera nemmeno per un personaggio di fantasia. Che vorrà dire? Con lei uno psicologo ci andrebbe a nozze). Comunque... Ruthie vuole disperatamente avere un ragazzo ed escogita un piano dopo l'altro per conoscerne uno e durante le vacanze ci riesce. Che strazio! Vabbè... inizio a leggere.

PIÙ TARDI

O MAMMA MIA! Ho letto quasi tutto il libro e a meno che non migliori sul serio nelle ultime trenta pagine non parlerò mai più con mia madre. Anzi, non le parlerò in ogni caso. Tornando al libro... Ruthie è un essere orribile. Lei e le sue altrettanto orribili amiche sono fissate con i ragazzi. Ora, Rachel può dire tutto quello che le pare sul mio amore puro e sacro per Paperboy, ma io non sono fissata con i ragazzi. Tutt'al più potrò avere una... ehm... ossessioncina per Paperboy, per qualche chitarrista particolarmente bello, per un paio di attori, ma di sicuro non per *tutti* i ragazzi. Ruthie non pensa ad altro. Non legge mai e, a parte le boy band, non ascolta musica. E non parteciperebbe mai a un flash mob danzante. In più lei e le sue amiche sono davvero insopportabili. Dicono cose tipo *mitica!* e sono sfacciatissime. Nella vita vera, chi è sfacciato è sempre odioso. Ruthie e le sue amiche non ridono mai. Pensano soltanto a truccarsi e ad andare in giro per negozi. Dove li prenderanno poi tutti quei soldi? Boh! Io so solo che la mamma non mi passa una gran paghetta, anzi...

Il libro in pratica racconta di come Ruthie e le sue amiche facciano a gara a chi trova per prima un ragazzo. Non solo. Hanno fondato una band e cantano pezzi sdolcinati usando spazzole per capelli al posto dei microfoni. E poi si inventano una serie di squallidi trucchetti, come fingersi tifose di calcio, solo per cercare di far colpo su qualche ragazzo. A un certo punto Ruthie segue addirittura un tipo in bagno! Indecente, direi, ma PER FORTUNA nel libro non ci sono scene sexy. Altrimenti sarei costretta a emigrare. Le ragazze sono molto competitive, tanto che a furia di farsi scherzi pesanti la loro band del cavolo si scioglie. E in effetti non mi spiego come possano essere amiche, visto che in fondo sembrano odiarsi. Alla fine vanno a mangiare una pizza tutte insieme, capiscono il vero valore dell'amicizia e riconoscono che conta molto più dei ragazzi. Se facessi parte di questo gruppo di streghe malefiche e riuscissi ad allontanarmene anche solo per cinque minuti, ci vorrebbe molto più di una pizza per convincermi a rivedere le loro facce.

PIÙ TARDI

Mentre stavo scrivendo qualcuno ha bussato. Ho urlato «Vattene!» ma era Rachel e l'ho fatta entrare. Ormai non siamo più nemiche, siamo compagne di sventura. Anche lei ha letto il libro e con mia grande sorpresa è quasi più arrabbiata di me, perché ha riconosciuto un fatto che le è successo davvero. Non me ne vuole parlare, ma dice che è un episodio veramente penoso (ovviamente questo misterioso *incidente* sarebbe avvenuto, come lei stessa ha precisato, *quando avevo la tua età*. Come se avere quattordici anni significasse per forza essere più stupida di una sedicenne. Che poi è una cavolata gigantesca, Rachel e le sue amiche ne sono la prova). Mi ha detto di non averlo mai raccontato alla mamma, ma di averne parlato con Jenny al telefono. E siccome a casa mia purtroppo la privacy non esiste, la mamma deve avere origliato. Rachel è strasicura che non si tratti di una coincidenza per via di *alcuni dettagli* (mmm... tutt'a un tratto il libro si fa molto più interessante, devo capire a tutti i costi che c'è sotto).

«Quindi non le basta metterci in imbarazzo. Ci SPIA anche! O comunque ci ha spiate in passato». L'ultima volta che ho visto Rachel così infuriata è stato quando Bumpers ha fatto la cacca nella borsa di Tom mentre era a casa (Tom, non Bumpers, lui è sempre a casa). «E c'è di peggio! Questo... incidente non riguarda solo me, ma anche Jenny, penserà che vado a spifferare tutto alla mamma e mi ucciderà».

«Ma no!» l'ho rassicurata. «Vedrai, capirà che nostra madre è una perfida spia».

«Mah… lo spero. Faccio un salto a casa sua per anticiparle la notizia. Tu che fai?»

Le ho risposto che me ne sarei rimasta nella mia stanza e che mi serviva un buon libro per ricordarmi che non tutta la letteratura è crudele e ti rovina l'esistenza. Però non sapevo ancora che cosa mi andava di leggere.

«Lo so io». È riapparsa poco dopo con una copia di *Orgoglio e pregiudizio.* «Tieni».

In realtà non ero sicura di essere dell'umore giusto per una storia d'altri tempi, ma lei ha insistito. «Fidati, Bex. La protagonista ha una madre mooolto imbarazzante. Jane Austen capisce le nostre pene».

PIÙ TARDI

Incredibile! Jane Austen capisce SUL SERIO le mie pene! Beh, quelle causate da una madre che, come dire, avresti voglia di far fuori. È vero, la mamma non fa di tutto per farci sposare. Ma chi mi dice che non decida di farlo nel prossimo libro di Ruthie? *Orgoglio e pregiudizio* è la storia di Lizzie, una ragazza che ha un sacco di sorelle. La madre vorrebbe che si sposassero tutte e le mette in situazioni imbarazzanti ogni volta che escono di casa, soprattutto davanti al loro nuovo vicino, Mr Darcy, un tipo maleducato ma fighissimo.

PIÙ TARDI

Nella mia immaginazione Mr Darcy somiglia un po' a Paperboy.

PIÙ TARDI

Anche se non ce lo vedo proprio Paperboy a cavallo. Chissà cosa combina quando non consegna i giornali? Secondo me sarebbe un cavaliere eccezionale.

PIÙ TARDI

Finalmente sono riuscita a parlare con Cass, ma me ne sono pentita subito. Bell'amica che si è dimostrata! Quando le ho raccontato che nel suo nuovo libro la mamma ha inserito un fatto realmente accaduto a Rachel, Cass sembrava più preoccupata che ci fosse qualcosa anche su di *lei* che dispiaciuta per l'umiliazione pubblica che *io* avevo subito. È stata così insopportabile che a un certo punto non l'ho retta più e le ho detto che nel libro c'è anche un piccolo riferimento a quella volta che al Tower Records si era tolta gli occhiali per far colpo su un tipo carinissimo che stava guardando delle riviste musicali. Era lì che si atteggiava vicino al portariviste, quando a un tratto si era accorta di essere proprio davanti alla sezione dei porno! L'ho lasciata sbraitare per un po', e solo dopo le ho detto che non era vero. D'ora in poi devo stare attenta quando parlo al telefono perché, a quanto pare, in questo covo di spie che è casa mia anche i muri hanno le orecchie. O forse dovrei parlare di covo *della* spia. Una. A meno che non abbia convinto papà a fare il lavoro sporco per lei e a riferirle le nostre conversazioni. Non si sa mai. A quel punto Cass si è calmata e si è mostrata più sensibile... almeno per cinque secondi, il tempo di dire che la mia foto sul giornale era *carina*.

«Belli i capelli... erano così lucenti».

«Merito del balsamo che ho fregato alla mamma» le ho spiegato.

«Ma allora tua madre a qualcosa serve».

«Se lo dici tu... Comunque in quella foto ho proprio una faccia da idiota».

A quel punto Cass, che in teoria dovrebbe consolarmi in questo momento di sofferenza, ha detto: «Mah, nelle foto tu vieni sempre un po' strana...»

Che amica, eh? Mi ha spiegato che in realtà il suo era un complimento, perché nella vita reale sono molto meglio (o come ha gentilmente precisato, *piuttosto normale*). Che poi non mi consola per niente, perché non è quello che vorrei sentirmi dire adesso che quell'orrenda fotografia è su tutti i giornali del Paese.

«Beh, grazie tante» ho risposto e ho riagganciato.

Cass mi ha mandato subito un sms in cui mi chiedeva mille volte scusa (vorrei vedere!) e io le ho risposto scuse accettate, che è vero, credo… No, in realtà ce l'ho ancora a morte con lei.

PIÙ TARDI

Ho telefonato ad Alice. È stata molto più comprensiva di quell'egoista di Cass. Dopo la chiacchierata con lei mi sento un po' meglio. Alice è convinta che a scuola nessuno farà troppo caso al libro. E i giornali poi… chi li legge? Secondo lei mi preoccupo troppo per qualcosa che *potrebbe* succedere e non per qualcosa che è già successo. La sua saggezza è riuscita a farmi dimenticare per un istante l'imbarazzo tremendo per l'incidente di stamattina con Paperboy. E quello è successo davvero. Pazienza, almeno non mi sento più a terra come prima. Devo assolutamente uscire dalla mia stanza. Ho bisogno di farmi una doccia e… sto morendo di fame. Di nuovo. Però con quel mostro di mia madre ancora non ci parlo.

DOMENICA

Continuo a non rivolgere la parola alla mamma. Neanche Rachel ci parla, o meglio, quando veniamo interpellate grugniamo qualcosa, ma poi basta. Ieri sera mi sono preparata la cena da sola (uova strapazzate e salsicce, troppe uova in un giorno solo, lo so, ma ho scoperto che sono l'ingrediente principale degli unici piatti commestibili che riesco a cucinare) e ho mangiato nella mia stanza. Rachel è appena andata da Jenny. Oggi pomeriggio papà ci ha fatto la predica sul nostro comportamento infantile. Facile per lui, non ha idea della vergogna che proviamo! Mi sento male al solo pensiero di Paperboy che guarda quella fotografia. E di me che faccio la figura della psicopatica in pigiama proprio sotto i suoi occhi. Terribile! Meglio andare a letto e continuare a leggere *Orgoglio e pregiudizio*.

LUNEDÌ

Stavo per scrivere *oggi è stato il giorno peggiore della mia vita*, ma da come si stanno mettendo le cose mi sa che dovrò scriverlo ogni giorno. Quindi dirò semplicemente che oggi è stato tremendo proprio come mi aspettavo. Per colpa di mia madre, tanto per cambiare. All'inizio mi ero illusa che sarebbe andato tutto bene. A scuola sono arrivata un po' in ritardo. Non troppo, alla seconda campanella, giusto in tempo per entrare in classe insieme ad Alice e Cass senza rivolgere la parola a nessuno. Alla prima ora avevamo inglese (ovvio, ero spaventata da morire), ma si è scoperto che Mrs Harrington era assente, perciò siamo dovute andare in biblioteca. Avere un'ora libera è il massimo, ma i nostri prof sembrano immuni dai germi, non si ammalano quasi mai. Noi possiamo anche rantolare, tossire e vomitare l'anima, mentre loro... mai che si becchino un raffreddore! Comunque, avevamo l'ora libera, così ho pensato di leggere qualcosa di divertente, ma Karen Rodgers si è seduta proprio dietro di me. Non so se ho già parlato di Karen Rodgers. Un giorno, quest'estate, Cass, Alice e io eravamo in un insolito stato d'animo della serie ci-vogliamo-tanto-bene e parlavamo di quanto fosse forte che tutte noi compagne andassimo d'accordo e che in classe si fosse creata un'atmosfera di amicizia sincera. Poi Cass ha nominato Karen Rodgers. «Ah, già» è stato il commento mio e di Alice, tutt'e due con lo stesso tono depresso. Karen Rodgers non è una prepotente, nonostante ci si metta d'impegno. È semplicemente maligna e sarcastica, e fa battute che non fanno ridere su tutti quelli che conosce. La sua migliore (e unica) amica è Alison Smith, che quando è da sola è una a posto, anche se un tantino irritante, ma quando Karen è nei paraggi diventa la sua amica-ombra ridacchiante.

Comunque, avevo appena tirato fuori *Orgoglio e pregiudizio* dallo zaino quando ho sentito dei colpetti sulla schiena. Mi sono girata. Era Karen, che sogghignava compiaciuta agitando una matita.

«Che vuoi?» le ho bisbigliato, con il tono più sgarbato che sono riuscita a tirare fuori.

«Ti ho vista sul giornale. Quell'espressione... l'hai fatta di proposito?»

Mi sono sentita avvampare per la rabbia, ma non mi è

venuta in mente nessuna risposta brillante. Così mi sono girata e ho ignorato quella sua smorfia insopportabile (e invece avrei dovuto dire *certo, stavo facendo la tua imitazione*. Cavolo, ma perché non ci ho pensato stamattina?!). A quel punto mi ha tamburellato di nuovo sulla schiena, ma per fortuna Miss Brady, la bibliotecaria, se n'è accorta e le ha detto di piantarla. Miss Brady mette un po' in soggezione, quindi Karen ha ubbidito e alla fine dell'ora sono uscita in fretta prima che potesse importunarmi di nuovo con quella sua matita vomitevole. Proprio così: vomitevole. A forza di masticarla, l'estremità si sbriciola in minuscoli pezzettini schifosi. E poi, perché mangiucchia il legno? Boh, sarà per metà un castoro.

Ma il peggio doveva ancora arrivare. In corridoio, mentre andavamo in classe, alcune ragazze degli altri anni si sono messe a indicarmi e a bisbigliare fra di loro. Ho sentito una dell'ultimo anno dire: «Sì, era sul giornale. Sua madre ha scritto un libro su di lei, mi pare». Poi le cose sono precipitate. La lezione successiva era nell'aula 7 (quella dove pranziamo e dove ci sono gli armadietti). Appena siamo entrate l'abbiamo vista subito: una copia di quell'orribile foto mia e della mamma. Qualcuno aveva fatto un ingrandimento gigantesco e l'aveva appeso alla bacheca. E come se non bastasse ci aveva pure scritto in cima: LA STAR DELL'AULA 7. Tutte hanno guardato prima la foto e poi me, e molte ridevano. Volevo morire! È stato allora che Alice s'è fatta avanti con passo deciso e senza dire una parola ha staccato la foto, l'ha accartocciata e come se niente fosse l'ha lanciata nel cestino dall'altra parte della stanza. Canestro! Wow! Con la mira che si ritrova dovrebbe giocare nella squadra di basket del secondo anno. Per la sorpresa si sono zittite tutte, poi è arrivata Miss Condren, la prof di matematica, ed è finita lì. Ma per tutto il giorno ho avuto la sensazione che ogni ragazza che incrociavo ridesse alle mie spalle. Alice e Cass dicono che sono paranoica, ma si sbagliano.

In effetti sembra che siano tutte impazzite di colpo. A pranzo è successa una cosa assurda: Vanessa Finn è stata gentile con me. Di solito mi ignora e per la cronaca a me va benone. In realtà ci ignora praticamente tutte, perché ci considera plebaglia. Non oggi, però. Mi ero rifugiata nello spogliatoio con Cass, Alice, Ellie ed Emma Donnelly e loro erano tanto affettuose e mi dicevano che tutta questa storia si sarebbe sgonfiata e io sapevo che mi sarei sentita bene soltanto se fossi rimasta lì dentro per sempre. Però mi è scappato di andare in bagno (colpa di quel frullato che ho bevuto tutto in un sorso) e mentre tornavo nello spogliatoio Vanessa è sbucata dal nulla (cioè, non è che sia proprio sbucata dal nulla, è semplicemente comparsa da dietro l'angolo, a me però è sembrato che fosse sbucata dal nulla). «Ciao Rebecca!» mi ha salutata con tono insolitamente gentile.

«Ciao» ho risposto cercando di superarla. Allora mi si è piazzata davanti (è incredibile quanto sia agile, nonostante quei maxistivali di pelo soffice che porta quasi sempre).

«Come va?»

«Alla grande» ho risposto. «Scusa, ma...»

«Volevo solo dirti che quella foto è fantastica».

«Eh?»

«Ma sì, sei venuta benissimo!»

«Ehm, grazie». A quel punto è suonata la campanella. Le ho sorriso, più o meno, e ho raggiunto le altre per recuperare lo zaino. Lo ammetto, sono rimasta sinceramente sorpresa. Chissà, magari non è così snob e antipatica. Chiaro, so che non dice la verità, perché in quella foto NON sono venuta bene, ma è stato carino da parte sua dirmi una bugia. Comunque, è strano che si sia comportata così.

Il resto del pomeriggio è volato via in modo confuso, a parte le pause tra una lezione e l'altra, quando mi sentivo gli occhi di tutte puntati addosso. Poi (ERA ORA!) è suonata l'ultima campanella e mentre Cass e Alice prendevano le giacche sono andata all'armadietto per mollare un po' di cose. Karen-quanto-sono-odiosa-Rodgers era lì, con quel suo sorrisetto compiaciuto (forse le scatta in automatico?) e mentre mi allontanavo mi ha detto: «Occhio ai paparazzi!». La sua amica-ombra Alison è scoppiata a ridere come se fosse la battuta più divertente del mondo. Le odio.

Adesso sono finalmente a casa. A proposito, con la mamma ancora non ci parlo. Questo è poco ma sicuro. Però mi sono dovuta rassegnare a mangiare il suo cibo.

Non ne potevo più di uova o salsicce. Così stasera mi sono divorata un piatto di spezzatino di pollo e lenticchie. Le lenticchie da sole mi fanno schifo, ma mischiate a pollo, bacon, funghi e altra roba sono buonissime. E quello spezzatino è uno dei miei piatti preferiti. Secondo me la mamma sta cercando di prendermi per la gola. Ma non avrà vita facile, non dopo una giornata così! Quando finirà quest'incubo?!

MARTEDÌ

Ma che ha Vaness Finn? Oggi si è comportata di nuovo da stordita. Stavo tirando fuori delle cose dall'armadietto e quando l'ho chiuso me la sono ritrovata accanto che sorrideva. Uno spavento che avrei urlato, ma dopo l'incidente con Paperboy ho smesso per sempre con gli strilli.

«Allora!» ha esclamato. «Come stai?»

«Ehm… a posto» ho risposto. «Cioè… bene». Queste sue improvvise dimostrazioni di amicizia mi innervosiscono.

«Che si prova a essere una celebrità?». Aveva ancora quel sorrisetto da esaltata.

«Io non sono una celebrità».

«Ma se ormai sei praticamente famosa!»

«Beh, non proprio. Dopo tutto è solo una foto su un gi…»

Mi ha interrotta. «Su *due* giornali, vorrai dire».

«Non sapevo che fossi una grande lettrice di giornali» ho commentato mentre provavo a sgusciare via.

«Infatti!» ha esclamato, e dal tono mi è sembrato di sentire la solita petulante Vanessa. «Lo stava leggendo mia madre, ho visto la fotografia e ho detto: "Ma quella è una mia compagna di classe!" e mia madre, che quasi non ci credeva, mi ha spiegato che tua mamma è non so quale scrittrice superfamosa. Mia madre ha una specie di fissazione per i suoi libri».

Aiuto, eccone un'altra. «Ah...»

«Già» ha continuato. «Non sapevo che tua madre è... aspetta... ah, sì... una scrittrice famosa».

Beh, se non altro c'è qualcuno che non fa per niente attenzione a quello che dice Mrs Harrington dall'inizio del trimestre. Buono a sapersi. «Non avete lo stesso cognome, vero?»

«No, Rafferty è il cognome di mio padre. Quando si sono sposati la mamma ha tenuto il suo». Evvai! Ero riuscita a intrufolarmi e a passare. «Ciao Vanessa, ci vediamo...» e mi sono allontanata di corsa lungo il corridoio prima che potesse aggiungere qualcos'altro. Si può sapere perché fa tanto l'amicona? Di certo non per gentilezza. Ha in mente qualcosa. O magari ha notato in che stato sono i miei capelli e ha capito che almeno una delle sue compagne non farà mai la parrucchiera. Di qualunque cosa si tratti, inizio a essere stufa.

E non è la sola a importunarmi. Karen Rodgers, che

deve avere una vita noiosissima visto che conta su di me per svagarsi un po', se l'è spassata un mondo a pranzo insieme a quell'idiota della sua amica a parlare a voce molto alta di UNA che se la TIRA UN CASINO perché la MADRE ha scritto un LIBRO su di lei. Non la sopporto!

Io non me la tiro affatto perché mia madre ha scritto un libro che *forse* mi riguarda (mi rifiuto di accettare che la vita di Ruthie O'Reilly sia come la mia). Spero che le altre se ne ricordino e che Karen non gli faccia il lavaggio del cervello e le convinca del contrario.

Comunque, tutto sommato la giornata non è stata poi così terrificante. Mrs Harrington sta ancora male, no? E se morisse? Ehm... un problema in meno, se non altro.

PIÙ TARDI

Mi sento un po' in colpa per aver augurato la morte a Mrs Harrington. Non lo pensavo sul serio ovviamente, ma se morisse davvero? Oddio, in quel caso le avrei gettato addosso una maledizione!

Ho ricominciato a scambiare qualche parola con la mamma. Mi ha chiesto se domani per cena preferisco pollo arrosto o spaghetti alla carbonara. Ho dovuto rispondere. Dopo tutto non mangiamo pollo arrosto così spesso. Chi l'avrebbe mai detto: il cibo è il mio punto debole. So cucinare soltanto le uova! Come cuoca non valgo niente.

MERCOLEDÌ

Mrs Harrington non è ancora tornata. Inutile negarlo, sono contenta. Ma comincio a preoccuparmi un po' per la faccenda della maledizione. E per Vanessa. Oggi ha fatto di nuovo la carina. Mi ha invitata da lei dopo la scuola per dare un'occhiata ai disegni per la sua megafesta di compleanno (proprio così: disegni, sta buttando giù alcuni schizzi per le decorazioni di non so che tendone gigantesco). Ovviamente le ho detto di no. Mi è sembrata una cosa assurda da proporre a qualcuno a cui quasi non hai rivolto la parola per un anno. In ogni caso, ho rifiutato educatamente dicendo che dovevo scappare a casa. Certo, sarebbe bello se dopo un anno trascorso nella stessa classe tutt'a un tratto avesse capito che sono fantastica, ma temo che non sia così. Che cavolo sta architettando?

Al momento di lei non me ne importa un granché, perché stasera a cena (pollo arrosto, mmh... buono!) Rachel ha detto una cosa che mi ha fatto venire un'idea geniale.

«Ehi» ha esordito versandosi quasi tutto il sughetto nel piatto prima ancora che riuscissi a mettere le mani sulla salsiera. «Sam, l'amico di Tom, si trasferisce in America per un anno e cerca qualcuno a cui affidare la sua batteria. Conoscete nessuno a cui interessi? Vabbè, era tanto per sapere...»

È stato allora che ho avuto l'idea.

«La prendo io!» ho detto.

«Non se ne parla» è intervenuta la mamma, «in questa casa non entra nessuna batteria».

«Ah!» ha esclamato Rachel. «Perché, adesso sai pure suonare la batteria...»

«Per tua informazione» ho risposto sprezzante «ho sempre desiderato suonare la batteria... e mi piace un sacco tenere il ritmo tamburellando con le matite sulla scrivania».

«Lo so, e non lo sopporto» ha commentato.

«E chi se frega! Potrei diventare una brava batterista. E comunque la terrei da Alice. Da lei ci sono un sacco di stalle, fienili e cose così. Le stalle vicino alla casa, il garage e il fienile dalla parte opposta del cortile. E sono vuoti, a parte vecchi tosaerba, rastrelli e cianfrusaglie varie. Alice e io ci abbiamo sempre scherzato su all'idea di avere una band e suonare lì, come in una vera sala prove. E adesso potremmo farlo!»

La mamma mi ha guardata. Da quando mi ha rovinato la vita con il suo libro fa di tutto per essere carina con me. «Mi sembra una buona idea, sempre che i genitori di Alice siano d'accordo».

«Macché idea, è ridicolo!» ha esclamato Rachel. «Non hai nemmeno una band, mica puoi startene seduta a suonare la batteria da sola!»

«Allora ne formerò una!»

E perché no? Alice suona la chitarra classica e Cass... beh, Cass suona il piano. Prende lezioni da quattro anni ormai... mi sembra. Chitarra, tastiere e batteria bastano per formare una band. Certo, non avremo un bassista, ma non è poi così importante. E poi sappiamo tutte cantare. Ehm... Alice sa cantare. Però così diventerebbe la cantante solista e leader della band. E quello voglio farlo io. Ma è anche vero che non potrei cantare e contemporaneamente suonare la batteria, giusto? Vabbè, ci penseremo... Dopo cena mi sono precipitata nella mia stanza e ho telefonato ad Alice. Pensavo che non sarebbe stato facile convincerla, soprattutto perché avremmo dovuto suonare a casa sua. E invece ha trovato l'idea sensazionale.

«Ho sempre voluto avere una band!» ha esclamato. «Potremmo usare la vecchia chitarra elettrica di mio padre! Prima però dobbiamo recuperare un amplificatore».

«Avremmo dovuto pensarci secoli fa, cavolo».

«Ma non avevi ancora la batteria!»

«Vero. Beh, ora ce l'ho! O comunque ce l'avrò presto. Rachel ha parlato con Tom, che ha parlato con Sam. Sabato mi dà la batteria! La mamma mi accompagna a prenderla, e se per i tuoi va bene dopo potremmo venire direttamente da te».

«Saranno entusiasti» ha detto Alice. «Anzi, vorranno far parte della band anche loro, ma non preoccuparti, non glielo permetterò». Poi abbiamo parlato del posto migliore per le prove. Secondo me il fienile era un posto fighissimo, perché avremmo potuto far finta che fosse un'enorme sala concerti. Ma Alice ha detto: «Meglio mettere la batteria nel garage, è l'unico di quei vecchi edifici ad avere l'elettricità».

Non ci avevo proprio pensato! Alice dimostra sempre di avere tanta saggezza. Una saggezza pratica, tipica di chi vive in campagna, che si rivela sempre utilissima. Se vivesse ancora in città non avrebbe né la saggezza né il fienile né tutto il resto.

«Nel garage non sono stati fatti particolari lavori, è molto essenziale. Del resto se tutti quegli edifici fossero stati ristrutturati non ci saremmo mai potuti permettere di comprare la casa. Ti ricordi in che stato era quando ci siamo trasferiti?». Eccome, praticamente senza pareti. Alice e la sua famiglia hanno vissuto in due stanze per circa sei mesi. Per fortuna era estate ed era così divertente! Del resto avevamo soltanto undici anni, spesso restavo a dormire da loro ed era come stare in campeggio.

«Non mi aspetto mica uno studio elegante! Per quello c'è tempo. Quando saremo famose. Perché ovviamente *noi saremo famose*!»

Dopo aver parlato con Alice ho chiamato Cass. Stranamente non era altrettanto elettrizzata.

«Mica mi posso portare dietro il pianoforte» ha detto.

«Puoi sempre usare la tastiera della mamma di Alice!»

Qualche anno fa la mamma di Alice ha deciso di imparare a suonare il pianoforte, e invece ha comprato una tastiera. È grande, ma non come un pianoforte, ed è facile da spostare nel garage.

La principessa Cass, però, faceva la difficile. «E poi io non so suonare musica indie. Solo roba tipo Mozart o Debussy. Insomma, non il genere adatto alla nostra band».

«Non fare la stupida, Cass. Non dovrai fare degli assolo complicati. Basteranno l'effetto elettronico della tastiera e i bassi».

«Oh». È rimasta in silenzio per qualche istante.

«Sei ancora lì?». Non sono abituata a non sentirla parlare per così tanto tempo.

«Sto pensando».

«Ah...»

Poi ha sospirato. «E va bene, ci sto. Ma non aspettatevi che sia così brava!»

«Evvai!»

«Non ti gasare troppo». Le ho promesso che non l'avrei fatto. E invece sono euforica! Già, EUFORICA per tutta questa storia e per la prima volta dopo un'eternità. Quell'orribile libro della mamma mi avrà anche dato una scarica di adrenalina, ma era solo rabbia. Invece la band sarà una superfigata. Potremo scrivere canzoni, fare concerti e magliette personalizzate con il logo della band. Sarà fantastico! Il genere di cose che quella rimbambita di Ruthie O'Reilly odierebbe. Così impara!

GIOVEDÌ

Oggi è tornata Mrs Harrington, perciò non mi sento più in colpa per la faccenda della maledizione. Ha avuto l'influenza e, come ha comunicato a tutta la classe, non è andata poi così male «perché ho potuto leggere il nuovo libro della mammina di Rebecca!»

Tutte, perfino le mie amiche, si sono girate a guardarmi. Alcune, tipo Alice, Cass ed Ellie, con aria comprensiva e solidale. Altre (indovinate chi?) ridacchiavano come tante stupide mangiucchiamatite.

«Bellissimo, ovviamente!» ha continuato Mrs Harrington. «Rebecca, adesso so tutto quello che combinate tu e le tue amiche!»

A quel punto sulle facce delle mie amiche la comprensione ha lasciato il posto allo smarrimento. Ah ah! Adesso sanno come mi sento!

«Beh» ho iniziato «non si può dire che sia su di noi. Io non c'entro niente con Ruthie-come-cavolo-si-chiama».

«Proprio niente» ha confermato Cass.

Mrs Harrington è scoppiata a ridere come se fosse la battuta più divertente che avesse mai sentito in vita sua. «Non riuscirete ad abbindolarmi, ragazze! L'ho letto quell'articolo in cui la mamma di Rebecca afferma di essersi ispirata alle pagliacciate sue e di sua sorella. Ma non vi preoccupate, non vi chiederò chi ha vinto quella gara, ok?»

Ecco… ho pensato che avrei avuto un attacco isterico. E come se la situazione non fosse già abbastanza tragica, Karen Rodgers ha domandato: «Quale gara?»

Ora, le mie amiche non hanno ancora letto quel libro malefico, ma sanno di che parla perché gli ho raccontato quanto è orribile. Perciò, alla domanda di Karen Rodgers, Alice, Cass, Ellie ed Emma hanno fissato Mrs Harrington come se volessero ipnotizzarla per farla stare zitta.

Niente da fare.

«Ma come! Non l'avete ancora letto?» ha chiesto sorpresa, quasi fosse inconcepibile per lei non fare tutti la fila pur di leggere gli stupidi libri della mamma. «È molto divertente. Parla di alcune ragazze che fanno a gara a chi trova per prima il fidanzato. Pessima idea, comunque».

Sono scoppiate a ridere tutte, non solo Karen-faccia-di-strega-Rodgers. «Però Ruth e le sue amiche imparano una lezione preziosa. Quale, Rebecca?»

«Quale? Boh. Come essere delle perfette idiote che fra di loro si comportano in modo orribile?»

Mrs Harrington ha riso come se avessi raccontato una barzelletta. «Oh, vedo che hai ereditato lo strepitoso senso dell'umorismo di tua madre. No, le ragazze imparano che l'amicizia conta più di ogni altra cosa. E che non c'è niente di tanto importante per cui valga la pena di perdere le proprie amiche, nemmeno un fidanzato perfetto. Giusto, Rebecca?»

«Immagino di sì» ho risposto nervosa.

«Sono certa che questo libro piacerà a tutte» ha continuato Mrs Harrington. Per un istante di terrore ho perfino pensato che ci avrebbe proposto di studiarlo al posto di *Grandi speranze* (e ne sarebbe capace). Invece ha detto: «Di sicuro mi ha reso più sopportabile l'influenza!» e si è messa a spiegare roba di scuola.

Come c'era da aspettarsi, dopo la lezione il libro è diventato uno spassosissimo argomento di discussione per tutte. Non che fossero particolarmente cattive (a parte Karen, ovvio), ma a me ha dato comunque fastidio.

«Non avete fatto una gara, vero?» ha domandato Jessie McCabe.

«Certo che no!» ha risposto Cass.

«Dice così soltanto perché nella realtà nessuna di loro ha vinto» è intervenuta Karen Rodgers. «Io non le ho mai viste con un ragazzo carino. E tu?»

«Se è per questo, nemmeno io ti ho mai vista con un ragazzo» ha ribattuto Cass. «Sei troppo impegnata a spiarci».

Per tutta risposta Karen ha sbuffato dal naso come un porcellino e se n'è andata con Alison, che si è girata a guardarci con un'espressione un po' mortificata. Secondo me a volte si sente in imbarazzo per quanto è maleducata Karen. In fondo Alison non è così male, ma mi starebbe un pochino più simpatica se almeno una volta tenesse testa alla sua cosiddetta migliore amica.

Per fortuna nella mia vita esistono cose molto più eccitanti che mi distraggono da tutte queste cavolate.

Abbiamo passato tutto il pranzo a parlare della band. Non abbiamo ancora trovato un nome adatto, ma in compenso Cass è molto più convinta.

«È che mi avete messa in difficoltà» ha spiegato. «Non voglio che pensiate che sono brava, perché potrei deludervi, ma ci proverò».

«Scommetto che sei molto più brava di quanto pensi» ha detto Alice. «Prendi Rebecca, per esempio. Non ha mai suonato la batteria, quindi devi essere per forza meglio di lei. Senza offesa, Bex».

«Beh, ho suonato con le matite» ho ribattuto. «So tenere il ritmo».

«In effetti con le matite te la cavi piuttosto bene» ha commentato Cass.

Stasera ho preso due cucchiai di legno e mi sono esercitata sui cuscini del divano andando dietro alle canzoni trasmesse da Phantom FM. Facile... finché non è arrivata Rachel, che è scoppiata a ridere.

«Ma che fai?! Ti rendi conto che suonare la batteria non è lo stesso che suonare il... divano?». Altra risata.

«Oh, non sarà poi così diverso».

«E invece sì! Devi usare i piedi!»

«Sì, certo... i piedi!»

«Esatto, i piedi! Secondo te come si suona la grancassa? Ma sì, il grosso tamburo rivolto verso il pubblico, quello con il logo della band. Si suona con un pedale, stordita! Cavolo, non vedo l'ora di vederti provare una vera batteria.

Sarà troppo divertente!». E se n'è andata ridacchiando. Quant'è irritante con quell'aria di superiorità!

PIÙ TARDI

Però ha ragione. Quella cosa dei piedi non la sapevo. Forse suonare la batteria è più difficile di quanto sembra.

PIÙ TARDI

Ma no, figuriamoci...! Guarda che batteristi ci sono in giro!

VENERDÌ

Ho avuto una vera conversazione con Paperboy! Cioè, una specie... Stasera era particolarmente carino. Secondo me migliora ogni volta che lo vedo. Quando ha suonato alla porta mi sono precipitata ad aprire, ma nell'ingresso sono inciampata nella tracolla della borsa di Rachel. Sbadata com'è, l'aveva lasciata a terra in mezzo ai piedi. Quando ho aperto mi ero già ricomposta. Almeno credo, perché ho la terribile sensazione che avessi i capelli tutti per aria. In ogni caso Paperboy mi ha sorriso. «Questa settimana niente foto sui giornali eh? Credevo che sarebbe diventata un'abitudine». Mi sono sforzata di trovare una risposta buffa e intelligente in modo che sarebbe andato via pensando *che ragazza spiritosa e carina*. Invece tutto quello che sono riuscita a dire è stato: «Già… mia madre ha deciso che non mi metterà in imbarazzo, almeno per un po'». Lui ha riso e ha detto: «Buon per te». Mi ha chiesto i soldi per i giornali, glieli ho dati, mi ha detto «Ciao!» e se n'è andato. Devo ammettere che è stato un sollievo, perché parlare con Paperboy, per quanto fantastico, è anche stressante.

E domani: batteria!

SABATO

HO LA BATTERIA!

Cioè, non ce l'ho fisicamente. È nel garage di Alice. Però è mia (almeno per ora) e ho anche provato a suonarla. Per quanto mi rompa da morire ammetterlo, Rachel aveva ragione: è un po' più complicato dei cuscini. Ma non è andata poi così male, l'ha detto perfino Sam. TIÈ, Rachel!

La mamma, Rachel (è dovuta venire anche lei perché conosce Sam, che è uno dei migliori amici di Tom) e io siamo andate a prenderla verso le dieci. Sam è stato davvero carino. Aveva sistemato la batteria in soggiorno e l'aveva lasciata montata per insegnarmi il nome di ogni tamburo e darmi qualche dritta, mentre la mamma e Rachel prendevano il tè con i suoi genitori in cucina. E così ho fatto la mia prima lezione di batteria. Una faticaccia! Se riuscivo a rullare per un paio di minuti, confondevo i tamburi da colpire. I piatti, poi, sono stati una tragedia. Ma la parte più difficile è stata il pedale. Ogni volta che mi concentravo per azzeccare il tempo con il piede, mi dimenticavo quello che dovevo fare con le mani.

Sam dice che presto ci prenderò la mano. Poi mi ha fatto vedere come si smonta (ci sono miliardi di strane chiavette e aggeggi da svitare) e si rimonta (per fortuna, perché da sola non ci sarei mai riuscita). Mi ha perfino disegnato uno schemino! Sam non è niente male (certo non figo come Paperboy). Gli ho chiesto se era emozionato per il viaggio in America. Mi ha risposto di no, perché dovrà tornare l'anno prossimo e ripetere l'anno a scuola (ripetere? Ma se è appena iniziato...). Però non vede l'ora di arrivare a New York (il lavoro di sua madre ha qualcosa a che fare con l'ONU). E quando gli ho raccontato del mio progetto di formare una band con Alice e Cass, e che Alice aveva una chitarra elettrica ma non l'amplificatore, me ne ha prestato uno piccolo insieme ai microfoni e alle aste. «Tanto vale che qualcuno li usi come si deve». È un tipo fantastico. In un certo senso vorrei che non partisse. E mi piacerebbe rivederlo. Anche se a) è troppo vecchio e b) il mio cuore appartiene a Paperboy.

E così abbiamo caricato batteria, amplificatore, microfoni e aste in macchina e siamo andate da Alice. La mamma si è messa a chiacchierare con i suoi genitori che erano tutti euforici per il suo nuovo libro. Adorano i libri della mamma, poverini. Alice dice che i tedeschi vanno matti per i libri pieni di luoghi comuni sull'Irlanda. E infatti sua madre è arrivata negli anni Ottanta proprio dopo aver letto pagine e pagine sulla bellezza della campagna irlandese e sulla sua gente magica e cordiale. Ecco spiegata la passione per quello che scrive la mamma. Il padre di Alice invece è di Clontarf, quindi non ha giustificazioni. Comunque, ho rimontato la batteria (con lo schemino e l'aiuto di Alice e pure di Rachel). Ed eccola, la stanza della band (o meglio, il garage della band). Con la chitarra di Alice appoggiata alla grancassa sembrava una vera sala prove!

«Peccato però che tu non sappia suonare la batteria e che non abbiate nessuna canzone pronta» ha puntualizzato Rachel la rompiscatole. Poi lei e la mamma sono andate via (la mamma è tornata a prendermi più tardi, si sente ancora in colpa per avermi distrutto la vita, quindi è molto generosa con i passaggi). Alice e io abbiamo guardato la batteria, poi ci siamo guardate e abbiamo iniziato a saltare e a urlare come due pazze.

«Suoniamo qualcosa!» ha esclamato Alice. Le ho detto di cominciare e che avrei provato ad andarle dietro. Anche se studia chitarra classica sa suonare accordi e cose simili. Ha inserito lo spinotto della chitarra, ma non ci siamo potute scatenare subito perché per accordarla ci ha messo tipo cinque anni. Poi ha suonato un bell'accordo. E anche con quell'amplificatore minuscolo il risultato è stato grandioso, molto ROCK.

«Wow!» ha esclamato. Ci siamo guardate e siamo

scoppiate a ridere. A quel punto ha attaccato con una canzone dei Kinks, una band degli anni Sessanta, quella che dice *all day and all of the night*. Ha solo tre accordi, quindi era giusto alla sua portata. Poi sono entrata io. Ero un po' insicura e non c'è stato verso di suonare quel cavolo di pedale, eppure è andata! Beh, diciamo che riuscivo più o meno a seguire il tempo. In ogni caso adesso SONO UNA BATTERISTA! Abbiamo provato qualche altra canzone e Alice ha anche cantato (dice che è difficile cantare e suonare contemporaneamente, ma a me sembra che se la sia cavata piuttosto bene) e mentre picchiavo sui tamburi mi sono sorpresa a pensare quanto tutto ciò fosse stancante. Ma è stato fantastico! Mi sono divertita da morire, e non mi capitava da secoli. Domani facciamo un'altra prova. Stavolta con Cass.

DOMENICA

Prima vera prova della band! Ed è andata benissimo, con mia grande sorpresa. Eh già, perché da come si erano messe le cose ero convinta che avremmo passato tutta la giornata ad aiutare Cass ad accendere la tastiera. Si comportava come se sapesse a malapena suonare, invece ha già superato gli esami del quarto anno e dovrebbe riuscire ad affrontare roba piuttosto complicata. Quando siamo scese dall'autobus in fondo alla strada di Alice (più che strada la definirei sentiero di campagna: al centro cresce l'erba e oltre alla sua ci sono soltanto due case, e poi è lungo non più di venti metri) Cass non la smetteva di frignare per la figura da sfigata che avrebbe fatto. Strano, lei non è quasi mai nervosa. In una classifica delle più nevrotiche la prima sarebbe Alice, seguita a ruota da me e ad anni luce di distanza da Cass. Oggi però era agitatissima. Non me l'aspettavo. Comunque appena ha visto la sala prove (oh yes, è proprio così che chiamiamo il garage adesso) si è tirata un po' su.

«Wow. Sembra tutto molto... vero».

«Dài, proviamo quella canzone dei Kinks...» ha proposto Alice. Cass pensava di non conoscerla e perciò si è agitata di nuovo. Poi però si è resa conto che la conosceva e abbiamo iniziato. Forse il risultato non è stato dei migliori, ma perlomeno sembrava musica. Cass ha capito che i toni bassi con la tastiera sono piuttosto facili. Basta avere un po' di senso del ritmo (e lei ce l'ha, per fortuna) e non le ci è voluto molto per sciogliersi. In effetti, anche se è duro ammetterlo, al momento l'elemento più debole del gruppo potrei essere proprio io. Non riesco ancora a capire come funzionano i piatti. O la storia del suonare-la-grancassa-con-il-piede. Vorrei tanto portare la batteria a casa per esercitarmi durante la settimana, ma non è molto pratico. Uno: non riuscirei mai a caricarla sull'autobus. Due: la mamma non mi aiuterebbe mai a trasportarla in giro per casa. E comunque posso sempre esercitarmi con i cuscini, anche se appena inizio Rachel mi dice di smetterla. Sembra che il rumore delle bacchette, che è impercettibile, la mandi *fuori di testa*. Dovrebbe considerarsi fortunata, dato che non posso portare la batteria a casa. Quei cuscini sono niente a confronto.

Siamo tutte eccitatissime per la band. Ma non lo diremo a nessuno, come ha proposto Cass, e forse non ha tutti i torti.

«Potrebbero chiederci di suonare. O potrebbero voler conoscere le canzoni del nostro repertorio. Noi non sapremmo che cosa rispondere e ci prenderebbero per pazze. Dovremo aspettare finché... insomma... finché saremo in grado di suonare *più di una* canzone».

Ottima idea.

LUNEDÌ

Bleah. Odio la mia scuola. Ho desiderato per tutto il giorno essere in sala prove con la mia adorata batteria, invece di stare in quello stupido posto. A quanto pare, ormai la mamma non si prende nemmeno più il disturbo di comunicarmi quando ha intenzione di umiliarmi. Sembra che ieri un giornale che non riceviamo a casa abbia pubblicato un articolo su di lei e il suo libro, accompagnato non solo da una sua gigantografia (una delle cose a cui purtroppo mi sono dovuta abituare), ma anche da alcune foto mie e di Rachel da bambine, mentre ballavamo su una spiaggia con addosso degli assurdi pantaloncini rosa! Me lo ricordo bene, eravamo in vacanza nel Kerry. Stavamo provando una coreografia su una canzone delle Destiny's Child. Oggi, quando sono arrivata a scuola, ho trovato una di quelle foto appesa in bacheca.

E naturalmente chi c'era a ridacchiare lì accanto?

«Ehi, Rafferty» ha iniziato Karen. «Eri di nuovo sul giornale. Bella foto!»

«Oh, grazie. Se vuoi te li presto, quei bellissimi pantaloncini».

E mi sono seduta. Per fortuna è arrivata Miss Kelly che ha iniziato a parlare degli orsi polari e del modo orribile in cui muoiono. Un po' di sano terrore non mi ha mai resa più felice. Alla fine dell'ora Ellie ha staccato la foto e l'ha strappata. E meno male! Dopo sarebbe arrivata Mrs Harrington. Già la sua lezione per me è un'angoscia, ci mancava solo che si mettesse a straparlare di quei pantaloncini. Il programma di quest'anno prevede *Romeo e Giulietta*, ma la prof si ostina a parlare dell'importanza dell'amore romantico. L'immagine di lei che fa la romantica con qualcuno è davvero troppo per me...

Alla fine della lezione Vanessa Finn ha dimostrato di essere definitivamente impazzita. «Ehi, Rebecca. In quella foto sei davvero cool» ha commentato mentre passava accanto a me e a Cass. Ormai è ufficiale, è fuori di testa. Non è possibile che lo pensi sul serio.

A pranzo sono andata ad avvertire Rachel dell'ultimo tradimento della mamma. Di solito a scuola non la cerco mai, anzi facciamo finta di non conoscerci. Le ultime novità però ci hanno fatto capire quanto è importante restare unite. Mi sono affacciata alla porta della classe e una delle sue compagne ha esclamato: «Ehi, Rache! Ma quella non è tua sorella? Non l'avevo riconosciuta senza i suoi deliziosi pantaloncini!»

Rachel evidentemente sapeva già del disastro, ma mi ha raggiunta lo stesso. Era rossa in viso, visibilmente arrabbiatissima.

«Che vuoi?» mi ha chiesto stizzita.

«Ma come sei gentile!» ho esclamato. «Vengo per avvertirti di quello stupido articolo e mi ringrazi così...»

Per una volta sembrava vergognarsi un pochino di se stessa.

«Scusa... ma è incredibile! Come ha potuto dargli quella foto?»

«Rafferty!» la voce veniva dalla classe. «Tu e Rebecca state provando di nuovo quella coreografia?». Era la sua amica Jenny, che naturalmente scherzava. Rachel, però, sembrava sul punto di esplodere.

«Questa è l'ultima che ci combina!»

«Lo spero» ho detto. «Che altro avrà in mente?»

Già, che altro?

A casa ho chiesto alla mamma spiegazioni su quel terribile articolo con tutta la gentilezza di cui ero capace: «Dove cavolo sono andati a recuperarla quella foto orrenda mia e di Rachel?!»

Sembrava a disagio.

«Gliel'ho data io, ovvio. E prima che inizi a sbraitare, è successo qualche settimana fa, quando ancora non immaginavo questa storia vi avrebbe tanto turbate. Pensavo che l'avreste trovata divertente».

«DIVERTENTE?!» ho strillato. A quel punto è arrivata Rachel, e si è messa a urlare anche lei. E la mamma, da dispiaciuta che era, si è incavolata.

«Sentite un po'» ha iniziato. «Devo rilasciare delle interviste per promuovere il libro. Lo faccio sempre. È una parte del mio lavoro, che consiste appunto nel vendere libri, in modo che vostro padre e io possiamo pagare il mutuo e prenderci cura di voi. Questi soldi ci servono ed è così che li guadagno. Quindi, a meno che non ve ne importi niente di avere vestiti nuovi o andare in vacanza o studiare danza...»

«Non studiamo danza da quando avevo dieci anni» l'ha interrotta Rachel seccamente.

«Oh, ma insomma! D'accordo... a meno che non vi importi niente di paghetta, scarpe nuove, iPod e cd, è a questo che servono il lavoro mio e quello di vostro padre. E a comprare il cibo che mangiate e i vestiti che indossate e a garantirvi un tetto sopra la testa. E sarebbe bello se per una volta lo apprezzaste!». Ed è uscita dalla stanza, furiosa.

Rachel e io ci siamo guardate.

«Un po' di ragione però ce l'ha...» ha detto Rachel.

«Ce l'avrebbe se non avesse dato quella fotografia al giornale. Del resto non l'ha costretta nessuno».

«Giusto». Ci siamo sforzate di non rivolgerle la parola per tutta la serata, ma credo che non se ne sia nemmeno accorta. Bella madre!

Papà ovviamente sta dalla sua parte. «Lo so che è stato imbarazzante, ma vostra madre era veramente convinta che l'avreste trovato divertente. E anch'io. È una bella foto, no?»

«Forse nell'album di famiglia» ha risposto Rachel, «anche se è una questione di punti di vista. Ma di sicuro non su un giornale che tutti a scuola sono riusciti a vedere. E chissà come, poi. Dubito che quel giornale pubblichi i suoi articoli in rete».

«Se vi può consolare, questa storia della pubblicità finirà presto. E se ne dimenticheranno tutti».

Ne sembrava molto sicuro. Io, invece, ho paura che verrò paragonata a quell'orrenda Ruthie O'Reilly per il resto della mia vita. So che sarà così.

MARTEDÌ

Non riusciamo a trovare un nome per la band. Ne abbiamo discusso durante la pausa pranzo nello spogliatoio, nascoste sotto i giubbotti. Immagino che le altre si siano chieste perché facevamo tanto le misteriose. Ci sono venute in mente un sacco di idee, ma nessuna sembrava andare bene.

«E se scegliessimo un nome con l'articolo?» ha domandato Cass. «Tipo The Beatles...»

«... Le Ragazze Con Le Madri Odiose» ho proposto.

«Mia madre è a posto» ha detto Alice.

«La mia è media» ha detto Cass. «Non è perfetta, ma nemmeno completamente odiosa. Quindi no, quel nome non va bene».

«Ho capito, ho capito. E comunque non dicevo sul serio. Ehm... Le Do?»

«Le cosa?!» ha esclamato Cass.

«Le Do» ho ripetuto. «Come la nota: do, re, mi...»

«Dovremmo stare a spiegarlo ogni volta» si è lamentata Alice. «Altrimenti tutti penserebbero a *d'ho*, il verso di Homer Simpson».

«Già».

«E se fosse un nome con qualcuno e qualcosa?» ha suggerito Alice. «Come Florence and the Machine?»

«In quel caso quale nome useremmo? Il mio, il tuo o quello di Cass?» le ho domandato.

«Alice and the Antidote» ha detto lei con aria ispirata.

«Non siamo la tua band di supporto, Alice» ha precisato Cass.

«E cantiamo tutte» ho aggiunto.

«Va bene, va bene. Era solo un'idea».

Ci siamo sdraiate sul pavimento dello spogliatoio a pensare. Ma di tutti i nomi che ci sono venuti in mente (Daisychain, Kitten Attack, The Antidote) nessuno sembrava quello giusto. Non avrei mai immaginato che fosse così difficile!

«Vedrete, quello che fa per noi lo riconosceremo subito» ha detto Alice la saggia.

«E se non lo troviamo?» è intervenuta Cass. «A un certo punto ne dovremo scegliere per forza uno. Immagina di avere un figlio e di lasciarlo tutto questo tempo senza un nome!»

«Non credo che la nostra band sia importante come un bambino» ha detto Alice.

Forse ha ragione, però è importante per noi. Dobbiamo trovare un nome. Per forza.

MERCOLEDÌ

Abbiamo trovato il nome… purtroppo. Non per il nome in sé, ma per com'è andata.

Oggi è stata una giornata da schifo. Tanto per cominciare, tutta la classe sa della band. Avevamo deciso di non dirlo in giro finché non fossimo state in grado di suonare come si deve. Ma non sono riuscita a evitarlo. È successo all'ora di pranzo. Prima ci eravamo sorbite per quarantacinque minuti Mrs O'Reilly e le sue chiacchiere su Cristoforo Colombo e le sue navi dai nomi ridicoli, poi un'altra lezione di geografia di Miss Kelly (un discorso di venti minuti su come sopravvivere se l'acqua dovesse esaurirsi per sempre, avrò incubi per settimane). La situazione era già traumatica e non ero in vena di stare a sentire Karen Rodgers e le sue idiozie. Non so come, però, Karen è riuscita a mettere le sue zampacce sul libro della mamma. E l'ha anche LETTO! Come abbia fatto in così poco tempo, non lo so. Ero convinta che non sapesse nemmeno leggere!

Comunque... Sapevo che prima o poi qualcuno l'avrebbe letto e che quel qualcuno sarebbe stata una come Karen, una a cui non sto simpatica, e questo non ha certo migliorato la situazione. Avevamo un'ora libera e in biblioteca non c'era traccia né della bibliotecaria né della prof. Alice e io stavamo dando un'occhiata ai libri di narrativa quando Karen ha tirato fuori da chissà dove (forse dalle mutande?) una copia di *Vinca la migliore.*

«Ehi!» ha urlato «guardate che cosa ho qui!»

Sono scoppiate tutte a ridere. Non Cass, Alice o Ellie, naturalmente, ma altre che consideravo amiche o a cui credevo di stare simpatica. Tutta questa storia mi sta facendo perdere la fiducia nel genere umano.

«State a sentire» ha iniziato Karen e si è girata verso di me. «Scommetto che tua madre non s'è dovuta inventare niente. Le è bastato rubarti il diario». E a quel punto ha iniziato a leggere con una stupida vocina stridula: «*Caro diario, la gara si sta infiammando! Devo impegnarmi di più! Oggi Caoimhe ha scelto la sua vittima... cioè il suo futuro ragazzo. Almeno è quello che spera lei! Frequenta la St. Joseph School e, lo ammetto, non è niente male. In realtà vorrei averlo notato io per prima! Ma sono sempre più decisa a trovare quello perfetto per me*».

Karen ha messo giù il libro e ha iniziato a sfogliarlo mentre le altre ridacchiavano. «E andando avanti migliora! Sentite qua. *Lo so, è pazzesco, ma ho una strana sensazione sulle...*» pausa d'effetto «*...Wildfire. Sono sicura che un giorno il nostro gruppo diventerà famoso. So di non essere la ragazza più carina del mondo. Non molto alta, con gli occhi di un grigio spento e dei banalissimi capelli castani mossi*». Karen si è fermata un istante e mi ha indicata. E TUTTE GIÙ A RIDERE. Odio la mia classe. E mia madre. Perché quella stupida di Ruthie non è alta un metro e ottanta e non ha i capelli neri, biondi o rossi? Eh, no! Doveva per forza essere una nanerottola con i capelli castani mossi! Karen, però, non aveva ancora finito di leggere: «*Ma quando siamo tutte in tiro mi sento bellissima! E so di saper cantare. Non mi sto dando delle arie. L'ho sempre saputo. Punto. Quando cantiamo e balliamo tutte insieme sento che niente potrà impedirci di diventare delle vere popstar. Serve soltanto che qualcuno ci scopra. Chissà, magari dovremmo partecipare a uno di quei talent show della tv. In fondo, con le Girls Aloud ha funzionato*».

Karen ha riso di nuovo. Poverina, si diverte davvero con poco. «Allora, Rebecca. Pensi di essere la nuova Cheryl Cole?»

Ho stretto le labbra in una smorfia. «So che ti sembrerà difficile da credere, Karen» ho detto. «Ma vedi, quel libro è INVENTATO. Lì dentro non c'è niente di vero».

«Pfui. Beh, non vedo l'ora di vederti con le tue amiche

mentre cantate e ballate con le... eh, eh... Wildfire. Fai anche gli assolo?»

«Ma porca miseria, Karen!» ho strillato. «Non sono Ruthie-come-cavolo-si-chiama!»

Mi ha guardata con un sorrisetto compiaciuto. Non ho mai odiato nessuno così tanto in vita mia. Nemmeno la mamma. O Rachel quando ha letto il mio diario (non che ci fossero particolari imbarazzanti, dopo tutto avevo dodici anni, ma è il principio che conta).

«Già» ha risposto. «In effetti non ti ci vedo proprio a combinare qualcosa di così esaltante come far parte di una band. Nemmeno se si trattasse di una tristissima girl band».

Ero così infuriata che ho parlato senza pensare a quello che dicevo. O piuttosto senza pensare e basta.

«E invece io *faccio parte* di una band. Niente a che vedere con quel ridicolo gruppetto del libro. Una band indie. Sono la batterista!»

Cass e Alice sono rimaste impietrite. Riuscivo quasi a sentire il loro *ohh noooo...*

«Sì, sì, la batterista di una band indie. Come no! Quanto sei patetica!»

«Io patetica? Ma se sei stata tu a darti tutta questa pena per recuperare il libro della mamma e leggerlo soltanto per rompermi le scatole. Che cosa deprimente! E comunque sì, faccio parte di una band. Con Cass e Alice».

Karen è scoppiata in una specie di risatina forzata.

«Ma va?! E come vi chiamate?»

Visto che non sapevo cosa dire, ho guardato lo scaffale accanto a me. La prima cosa che ha attirato la mia attenzione è stato un libro tutto sciupato di una certa Deborah-non-so-come intitolato *Hey Dollface*.

«Hey Dollface» ho risposto d'impulso.

«Come!?» ha esclamato Karen.

«Come!?» le hanno fatto eco Alice e Cass. Per fortuna Karen è scoppiata in un'altra di quelle sue risate fragorose e fintissime che coprono qualsiasi suono nel raggio di chilometri, perciò nessuna delle altre sembrava aver sentito.

«Proprio così» ho risposto. «Questo è il nome della band. E non...» e a quel punto è toccato a me fare una risata che è sembrata finta quasi quanto quella di Karen «...Wildfire. Di sicuro avrai modo di sentirci suonare, perché prima o poi faremo dei concerti». .

Riuscivo quasi a sentire le occhiatacce che Alice e Cass mi stavano lanciando. A quel punto Karen ha aperto la bocca per replicare, ma è arrivata la bibliotecaria e ci siamo precipitate ai nostri posti. Mentre passavo accanto a Karen, però, ho sussurrato: «Oh... a proposito, grazie per aver comprato il libro della mamma. Quei soldi serviranno per un paio di bacchette nuove!»

Non è vero, gli scrittori ricevono una somma minima per ogni copia venduta, ma Karen questo non lo sa e si è incavolata tantissimo. Così impara!

Il mio trionfo è durato poco perché a pranzo hanno tutte iniziato a chiederci della band. E noi ci siamo comportate come se suonassimo insieme da una vita, per non ammettere di aver fatto soltanto una prova.

«Già... io la batteria ce l'ho da un sacco di tempo» ho spiegato prendendo il pranzo dallo zaino. «E Alice e Cass suonano la chitarra e il piano da sempre». Che poi tecnicamente è vero.

«Perché non me l'avete mai detto?» ha domandato Ellie.

«Beh, per un po' avevamo deciso di non dirlo in giro» ha risposto Cass rivolgendomi un'occhiata eloquente. Cosa che le riesce benissimo, sarà per gli occhiali. «Volevamo aspettare di essere pronte a esibirci in pubblico».

«E che tipo di musica fate?» ha domandato Jessie McCabe.

Naturalmente per ora non ne abbiamo la minima idea. Abbiamo suonato soltanto una canzone, quella dei Kinks.

«Ehm... stiamo ancora lavorando al nostro sound» ho spiegato. Karen, che era seduta lì accanto, non ha potuto fare a meno di impicciarsi.

«Beh, se non altro sai cantare. O quanto meno, il tuo alter ego sa cantare. Se ne vanta in quel libro ridicolo...»

L'ho ignorata e ho iniziato a mangiare.

«Farete anche dei concerti?» ha domandato Ellie. «Se li fate dovete dircelo!»

«Certo, non vediamo l'ora» ha risposto Alice. In realtà, non sono sicura che Cass sia d'accordo. «Ma ancora non sappiamo come fare. Mi sa che non abbiamo l'età per suonare nella maggior parte dei locali».

«Chiedetelo a Rebecca» si è intromessa di nuovo Karen, «dopo tutto le Wildfire un concerto lo hanno già fatto, no?»

Ho alzato gli occhi al cielo come se le sue cavolate un po' mi divertissero invece di farmi venire voglia di ucciderla. Credo che la mia reazione l'abbia infastidita perché non ha più parlato. Poi siamo uscite per andare a sederci sul prato a mangiare patatine, e sono riuscita a evitarla per il resto della giornata.

Ad Alice non importa più di tanto che la storia della band sia venuta fuori. A Cass invece sì. Non voleva che si sapesse finché non fossimo diventate delle musiciste formidabili e non avessimo scritto un miliardo di canzoni. Invece siamo solo tre ragazzine che hanno un'unica prova all'attivo. «Senza considerare che soltanto due di noi sanno suonare veramente. Senza offesa, Bex».

«Dài, non sono proprio così pessima» ho protestato.

«Scusa, ma hai capito cosa intendo. Non è che suoni male, è che finora non hai avuto molte occasioni per esercitarti».

«Mmm... Vero».

In ogni caso, ormai è fatta e non si può più tornare indietro. Parola di Alice la saggia, che dice che presto tutte se ne dimenticheranno. Ecco, su questo non è stata altrettanto saggia. In classe sembra che nessuno dimentichi mai niente. Le mie compagne hanno una memoria formidabile: sono come tante elefantesse con addosso orrende divise rosso scuro. Addirittura c'è chi tira ancora in ballo quella volta in cui Jessie ha chiamato involontariamente Frau O'Hara *mamma*. Ed è successo quasi un anno fa.

GIOVEDÌ

Mi sono esercitata con i cuscini del divano. Credo di aver fatto progressi. Anzi, ho decisamente fatto progressi. Il segreto è imparare a rilassare i polsi. Certo, il pedale ancora mi preoccupa, ma prima o poi riuscirò a capire come funziona. E comunque non credo che dovrò usare spesso la grancassa (almeno spero). I piatti evito di usarli per lo stesso motivo. E poi ho scoperto che suonare la batteria (o i cuscini) è un ottimo modo per sfogare la rabbia. Ultimamente ho avuto le mie buone ragioni per essere arrabbiata (la mamma, Mrs Harrington, Karen Rodgers, Vanessa Finn) e dopo un po' che picchio con le bacchette mi sento davvero molto meglio.

Con mia grande sorpresa non sono l'unica a pensare di aver fatto progressi. Mentre suonavo papà è entrato e ha detto: «Wow, Bex! Sembri proprio una batterista!»

Forse ho trovato la mia strada.

Dopo *Orgoglio e pregiudizio* (stupendo, soprattutto perché alla fine Elizabeth riesce a scappare da quella madre imbarazzante) mi andava di leggere ancora vecchi libri che parlano di figli con genitori tremendi. Così Rachel mi ha dato *Jane Eyre*. Finora mi piace abbastanza. Jane Eyre è orfana, una condizione che in questo periodo definirei *non male*. Però anche papà non è male. A volte.

VENERDÌ

Vanessa Finn è così carina con me che inizia a dispiacermi un po' per la sua amica Caroline. Oggi a pranzo l'ha completamente ignorata, poverina, e mi ha chiesto di sedermi vicino a lei. In classe di solito non è che ce ne andiamo in giro a chiedere alle altre se vogliono mangiare con noi. E poi stavo già pranzando con sandwich e succo di frutta insieme a Alice e Cass. Perciò quella richiesta mi è sembrata proprio strana. Caroline se n'è rimasta al suo posto con l'aria offesa. Ho risposto gentilmente che stavo già mangiando con Alice e Cass, e Vanessa mi ha rivolto un sorriso sdolcinato e mi ha offerto un brownie, che non ho accettato. Temo che abbia un secondo fine. Vorrei soltanto sapere quale.

Stasera ho scambiato di nuovo due chiacchiere con Paperboy. Forse però non è stata una buona idea. Come mi capita spesso in questi giorni, ero a casa a esercitarmi. Quando hanno suonato ho gridato: «Vado io!», sono andata con molta calma in cucina, ho preso i soldi e mi sono diretta lentamente verso la porta (ignorando Rachel che diceva ridacchiando: «Ma che strano! Bex che apre la porta a quest'ora, di venerdì sera»). Poi ho fatto un bel respiro, ho sorriso e ho aperto. Eccolo, più bello che mai. È così alto... Per guardarlo devo piegare la testa all'indietro, anche quando si ferma su un gradino più basso.

«Ciao» l'ho salutato. Gli ho dato i soldi: «Tieni».

«Grazie» mi ha risposto gentile. «Questa settimana sei riuscita a non finire sui giornali?»

«Mmm... non proprio» ho risposto senza riflettere. Appena l'ho detto mi sono pentita di non aver tenuto la bocca chiusa o di non avergli raccontato una balla. Se, come sembrava, non aveva visto la foto dei pantaloncini, come cavolo mi era saltato in mente di parlargliene? Meglio che non lo scoprisse, no? Troppo tardi. Da quel momento sembravo posseduta: un fiume inarrestabile di parole. «Mia madre ha rilasciato un'intervista a un giornale e gli ha pure dato una foto mia e di mia sorella da piccole» gli ho spiegato. «Avevamo addosso dei pantaloncini assurdi. È stato piuttosto imbarazzante». E quindi lo vengo a raccontare a te. MA CHE C'È CHE NON VA IN ME?

Paperboy, però, ha riso in modo così carino. «Wow! Ma allora tu *sei* famosa! Siamo sicuri che un umile ragazzo dei giornali come me possa rivolgerti la parola?»

Avrei dovuto rispondere con una battuta intelligente o spiritosa. Invece... niente (che novità!), ho saputo soltanto ridere come una svitata. Lui mi ha rivolto un sorriso smagliante e se n'è andato.

Penserà davvero che io sia una svitata? O magari una povera idiota che senza volere finisce di continuo sui giornali? Però è stato molto simpatico e ha scherzato con me in un modo piacevole, per niente sprezzante. Semplicemente fantastico!

Mmm…

SABATO

Non vorrei parlarne, ma devo proprio farlo. Oggi è successa una cosa tremenda. Abbiamo provato presto perché Alice doveva andare a trovare alcuni parenti, così Cass e io siamo tornate in città in autobus. Cass doveva comprare un regalo di compleanno per suo fratello in non so quale stupido negozio di articoli sportivi, e siccome non le sembrava giusto trascinarmi fin lì ci siamo separate e ci siamo date appuntamento mezz'ora dopo. Ho gironzolato per i negozi, anche se in realtà non potevo permettermi di comprare niente, e uscendo dal Tower Records ho incrociato Paperboy che entrava. Cioè… ci siamo praticamente scontrati, e quando l'ho riconosciuto mi si è stretto lo stomaco per l'emozione e la felicità. Ci siamo guardati e stavo per salutarlo, ma mi sono accorta che non era solo. Una ragazza piuttosto alta (più di me) con i capelli castani, un bel cappotto e una borsa fantastica. Insomma, abbastanza carina, direi.

Per una frazione di secondo sono rimasta pietrificata, poi ho detto: «Oh, ciao!» con tono naturale, almeno nelle mie intenzioni, perché ho l'orribile sensazione di non esserci riuscita. Lui mi ha sorriso impacciato e ha detto:

«Ehi» e la ragazza mi ha guardata stranita. Se fossimo stati per strada avrei proseguito, ma eravamo ancora all'entrata quindi, per un momento imbarazzante, ci siamo mossi nella stessa direzione, intralciandoci, finché non sono riuscita a liberarmi, balzando praticamente fuori in Wicklow Street. «Ehm... allora... ciao» ho detto. Lui mi ha salutata con un gesto della mano e ha risposto: «Ci vediamo» e la ragazza mi ha guardata inespressiva. Poi mi sono allontanata più veloce che ho potuto e volevo morire. Invece di andare all'appuntamento con Cass avrei davvero preferito starmene per conto mio. Ho vagato un po' per le strade vicino alla George's Street Arcade fino all'ora stabilita, sforzandomi di non piangere. Siamo andate a prenderci una cioccolata calda e a quel punto le ho raccontato che cosa era successo. Stavo malissimo, ma ho provato comunque a nasconderlo. Cass non faceva che esclamare: «Oh, no! è impegnato!», ma non sembrava che le importasse sul serio. Invece a me importa eccome. E la cosa mi imbarazza da morire.

Non faccio che ripensare alla scena. Non so se si tenevano per mano, cioè, vorrei tanto poter dire di no. In questo momento, in effetti, mi sembra che non si tenessero per mano, ma non si può mai sapere. Non che faccia differenza. Mi sto arrampicando sugli specchi. Vorrei poter dire a me stessa che era la sorella o la cugina o soltanto un'amica, ma non voglio illudermi. Mi sento così stupida! Nelle ultime settimane non ho fatto altro che pensare a lui, sinceramente convinta di avere almeno una possibilità. Ieri sera poi ero così felice e fiduciosa. E nei miei sogni eravamo praticamente fidanzati! Vorrei tanto piacergli. Vorrei tanto conoscerlo.

DOMENICA

Che vergogna! Continuo a chiedermi se Paperboy sembrava a disagio perché non voleva che scoprissi che ha una ragazza. E magari perché gli piaccio. Ma no, è più probabile che mi consideri una stupida mocciosa che gli capita di incontrare ogni settimana per il suo lavoro, e non voglia incontrarmi in pubblico. Spero non sappia che mi piace. Perché se lo sapesse e gli facessi pena potrei anche morire. Ed è la cosa peggiore che riesco a immaginare. O forse gli faccio già pena, per via di tutta la storia della mia popolarità indesiderata. Ma quanto sono patetica!

PIÙ TARDI

Ho chiamato Alice e le ho raccontato tutto, anche che mi sentivo da schifo. Non so perché, ma è stato più facile parlare con lei che con Cass. Forse perché ad Alice Paperboy non interessa sul serio. Le piace di più (ancora!) il ragazzo che ci passa accanto in bici lungo Calderwood Road. E in effetti l'altro giorno lui ha abbozzato un sorriso verso di noi, quindi Alice potrebbe essere sulla strada giusta. Ma anche perché siamo amiche da più tempo. Vado d'accordissimo con Cass che è molto simpatica e con cui forse ho più cose in comune che con Alice, ma a volte ho la sensazione che Alice mi capisca meglio, e non soltanto perché ci piacciono gli stessi libri, la stessa musica e gli stessi programmi tv. E così le ho raccontato tutto e lei è stata fantastica e ha detto che mi capiva benissimo perché una volta, mentre andavamo a scuola, aveva visto Bikeboy fare un cenno a una ragazza con la divisa della St. Mary. Io non mi ero accorta di nulla, quindi lei si era comportata normalmente, ma poi a scuola era andata in bagno e aveva pianto. Parlare con lei mi ha fatto sentire un po' meglio.

LUNEDÌ

Ogni volta che Paperboy e la sua stupida ragazza mi tornano in mente mi viene una stretta insopportabile allo stomaco. Cerco di non pensarci, ma la scuola è così mortalmente noiosa che ho un sacco di tempo per meditare sulle mie disgrazie.

All'ora di matematica ero così stordita che non mi sono accorta che Jessie ed Ellie facevano a gara a chi inclinava di più la sedia all'indietro senza cadere. Poi Jessie è caduta sul serio e Mrs Condren ha passato il resto della lezione a ripeterci che ormai dovremmo essere grandi, che è avvilente vedere delle ragazze di quattordici anni comportarsi come bambine e bla bla bla.

MARTEDÌ

Siccome non ho già abbastanza scocciature, oggi Vanessa Finn mi ha tormentata senza darmi un attimo di tregua. Ma che le prende ultimamente? Cass e io siamo arrivate tardi alla lezione di tedesco e non abbiamo trovato due posti vicini, quindi Frau O'Hara mi ha detto di sedermi accanto a Vanessa. Avremmo dovuto fare conversazione *auf Deutsch* sui nostri programmi tv preferiti, ma Vanessa non la smetteva di blaterare della sua megafesta e mi tormentava con le sue domande.

«Non ho ancora deciso se arrivare a bordo di un grosso carrarmato rosa o in sella a un cavallo rosa. Tu che ne pensi?»

Che cosa ne pensavo? Che era una pazza scatenata, ovviamente. Però ho risposto: «Ehm... e dove lo troverai un cavallo rosa?»

«Oh, basterà tingerne uno bianco» ha risposto come se fosse la cosa più naturale del mondo. E chissà, magari per lei lo è. Forse ha una stalla piena di cavalli di tutti i colori.

«E... il carrarmato? Non sarebbe un tantino... illegale?»

«Un amico di papà è ufficiale dell'esercito. Dice che ce ne può prestare uno».

«Ma va?!»

«Sì. E che possiamo dipingerlo di rosa a patto che dopo lo ridipingiamo di grigio o verde o non so che altro colore smorto».

Quella conversazione era talmente folle che, lo ammetto, ne ero affascinata. «Quindi… sfilerai per strada a bordo di un… carrarmato rosa?»

«Certo. Indosserò il mio vestito nuovo e sbucherò fuori per salutare la gente».

Ora, che Vanessa sia una tipa un po' eccentrica e irritante è risaputo. Però ho sempre pensato che fosse innocua. Adesso invece sembra quasi che aspiri a diventare Hitler. Solo più rosa. Mah… In quell'istante si è avvicinata Frau O'Hara e Vanessa ha dovuto smettere di parlare… in inglese perlomeno, perché ha continuato in tedesco. In teoria avremmo dovuto fare conversazione sui programmi tv, ma sono quasi sicura che stesse ancora parlando della sua festa (difficile capirlo dato che il suo tedesco è peggio del mio). Ho afferrato la parola *Pferd*, che significa cavallo, quindi forse la sua è solo una fissazione per i cavalli in generale. Però ha anche accennato qualcosa a proposito di una *Fest*. Appena la lezione è terminata ha ricominciato con la storia del carrarmato (o *Panzer*, mi pare che si dica così *auf Deutsch*), ma le ho detto che dovevo correre in bagno (l'unica scusa che mi è venuta in mente) e me la sono svignata. In realtà la festa assurda di Vanessa dovrebbe distrarmi un po', visto che Paperboy e quell'orribile ragazza sono diventati il mio chiodo fisso. Perché sabato sono andata al Tower Records? Se non li avessi visti, non mi sentieri così da schifo. Certo, non cambierebbe niente perché loro due starebbero ancora insieme (SE stanno insieme), ma almeno io non saprei nulla. Ogni volta che ci penso mi viene mal di stomaco. E mi sento triste, tristissima.

GIOVEDÌ

Prova fuori programma dopo la scuola. Tutto merito di Alice, che ha chiesto il permesso a sua madre perché voleva tirarmi un po' su di morale. Che amica! Però non so se ha funzionato, adesso che sono a casa mi sento uno straccio. Anche se mentre suonavamo per un po' ho smesso di pensare alle mie disgrazie.

Forse dovrei mettermi a scrivere poesie. Potrei trasformare la mia infelicità in grande letteratura.

PIÙ TARDI

Non trovo niente che faccia rima con Paperboy.

ANCORA PIÙ TARDI

Se solo sapessi come si chiama. Anche se probabilmente avrà un nome che non fa rima con niente, tipo Jonathan. Non che abbia l'aspetto di un Jonathan, è che non riesco proprio a immaginare quale sia il suo nome. Paperboy non fa pensare a nessuno in particolare, non so se mi spiego. Cioè, guardandolo non verrebbe da dire *ecco un Dave* oppure *ecco un Rory*.

E comunque che importa? Forse d'ora in poi parleremo soltanto di giornali. E non sono neanche più tanto sicura di avere ancora voglia di parlarci, nemmeno di giornali.

VENERDÌ

Mi sento un po' strana. In senso buono. È successo qualcosa di insolito e potenzialmente molto, molto positivo. Non so proprio cosa pensare. Quando sono tornata a casa da scuola ero agitatissima perché nel giro di qualche ora sarebbe passato Paperboy. E non sapevo se lasciare che aprisse Rachel o la mamma o se affrontare la situazione e farlo io. Una parte di me voleva vederlo, ma l'altra non sopportava nemmeno l'idea. Poi però ho pensato che se non avessi aperto lui si sarebbe convinto che lo stavo evitando (ma va?!). Allora mi sono vergognata di me stessa. Come potevo essere così stupida da illudermi che se ne sarebbe accorto? O che si ricordasse di sabato?

Per non pensarci ho deciso di esercitarmi un po' con la batteria. Rachel era nella sua stanza, papà non era ancora rientrato e la mamma era nel suo studio. Ho messo su un po' di musica e ho iniziato a suonare i cuscini. Speravo di perdermi completamente nella musica in modo da scordarmi che Paperboy stava per arrivare. Fatica sprecata. Per tutto il tempo non ho staccato gli occhi dall'orologio. Alle sei avevo le budella che mi si contorcevano. E quando alle sei e mezzo hanno suonato alla porta non mi sentivo per niente bene. Comunque ho urlato: «Vado io!» (mi è uscita una voce piuttosto strana) e sono corsa alla porta con le bacchette ancora in mano (se devo essere sincera, e devo esserlo visto che quando sarò vecchia e mi guarderò indietro questo diario servirà da resoconto dettagliato della mia vita, non le ho posate perché speravo di impressionarlo con la storia della batteria. CAVOLO! SONO PROPRIO UNA SFIGATA).

Ho spalancato di colpo la porta e... eccolo. Per tutta la settimana avevo pensato così tanto a lui che vedermelo lì davanti, in carne e ossa e vestito in modo diverso, è stato uno shock. Nella mia testa era rimasto tale e quale a sabato. La gola mi si è seccata e ho deglutito prima di dire: «Oh, ciao. Prendo i soldi». Ma non ho fatto nemmeno in tempo a muovermi che la (potenziale, non voglio sfidare il destino) figata è successa.

Paperboy ha detto: «Ehm... scusa per sabato».

L'ho fissato e dopo quelli che a me sono sembrati cinque anni, ma che saranno stati appena cinque secondi, gli ho domandato: «Di cosa?»

Ha fatto un lungo respiro. «Senza volerlo credo di essere stato un po' sgarbato».

«Ma che dici!» ho risposto. Lui ormai era lanciato: «Avevo appena incrociato per caso la mia ex ed era una situazione un po' assurda, perché non ci vedevamo da quando l'ho lasciata e quando poi ti ho vista ero... sorpreso... quindi forse mi sono comportato in modo un po' strano... o sgarbato. Ma solo perché ero... sorpreso di vederti lì».

«Lo ero anch'io, è stato strano vederti... fuori contesto. Cioè... mentre non eri impegnato con la faccenda dei giornali». Mentre parlavo, però, dentro di me esultavo. LA SUA EX! LA SUA EX! LA SUA EX! Ero così felice che mi sentivo svenire.

«Perciò... scusa se ti sono sembrato un po'... stordito» ha concluso con aria impacciata. Per un istante siamo rimasti tutti e due in silenzio. Poi tutt'a un tratto lui ha fatto una faccia sorpresa e compiaciuta. «Ehi, ma quelle sono bacchette per la batteria?!»

«Ehm, sì» ho risposto. «Suono in una band». Non ho aggiunto *e non sappiamo suonare neanche una canzone!* perché non credo che così avrei fatto colpo... Lui invece sembrava proprio colpito.

«Davvero? Wow, è fantastico! E come vi chiamate?»

Per un attimo ho desiderato che non fossimo costrette a tenerci quel nome. Invece...

«Ehm... Hey Dollface. Ma non siamo insieme da molto. Anzi, in realtà siamo proprio agli inizi».

«Forte» ha commentato con un sorriso. «Bel nome. Sembra preso da un film di serie B degli anni Cinquanta». Non ho mai visto un film di serie B degli anni Cinquanta, quindi spero che sia una cosa positiva. Comunque sembra stiloso. Ma Paperboy non aveva finito.

«Ehi, hai mai sentito parlare della Battaglia delle band? Al Knitting Factory. La organizzano di sabato pomeriggio perché è per under 18. È fra tre settimane, mi pare. Il mio amico Johnny partecipa con il suo gruppo».

«Wow!» ho esclamato. «Sembra fantastico!». Ed ero sincera. Anche se dubito che potremo diventare tanto brave da partecipare a una gara fra appena tre settimane, a meno che non vogliamo renderci ridicole. E poi già le umiliazioni che ho subito nell'ultimo periodo mi bastano per tutta la vita, un'altra non la potrei proprio sopportare.

«Sì, lo è! Perché non partecipate anche voi? Sul sito puoi trovare tutte le informazioni. L'anno scorso ci sono andato e mi sono proprio divertito. È un modo facile per debuttare dal vivo. E non ci si deve preoccupare della reazione di chi sta lì a sentire, sono tutti preoccupati per le *loro* esibizioni. Certo, non è proprio la condizione ideale per suonare... Sto parlando troppo?»

«No!»

Mi ha sorriso. In modo irresistibile, con un angolo della bocca un po' più sollevato dell'altro. Potrei stare tutto il giorno a guardarlo. Aiuto... spero di non averlo fissato troppo intensamente.

«E comunque è ora che vada a molestare qualche altro tuo vicino per raccogliere un po' di soldi. Che vuoi farci, è il mio passatempo del venerdì sera. Fammi sapere se partecipate alla gara del Knitting Factory».

«Certo» ho risposto. «E grazie!»

Ha fatto un cenno di saluto e si è incamminato lungo il vialetto mentre io agitavo una bacchetta. Spero che abbia capito che lo stavo salutando e non, che so, minacciando di picchiarlo. Quindi ho chiuso la porta, sono salita come un razzo nella mia camera e ho gridato a squarciagola. Di gioia, gioia allo stato puro. Ho iniziato a saltare su e giù per la stanza e poi mi sono gettata sul letto con un sorriso a trentadue denti. E sto ancora sorridendo. Lo so, mi comporto da stupida e in fondo quel che è successo non significa niente, ma Paperboy non ha la ragazza E POI abbiamo avuto una vera conversazione E POI lui pensa che sia forte che io suoni in una band E POI ha detto "Fammi sapere" casomai partecipassimo alla gara, il che significa che vuole parlare ancora con me (o se non altro che il solo pensiero non gli dà i brividi). E magari tutto questo non porterà a niente e non parlerò mai più con lui, ma adesso sono strafelice!

PIÙ TARDI

Non ci credo! Ma quanto abbiamo parlato?! È stato come un sogno. *Fammi sapere se partecipate alla gara del Knitting Factory*. Sììììììììì!!!

SABATO

Oggi prove! La madre di Cass ci ha accompagnate a casa di Alice. Durante il tragitto non ho detto niente di Paperboy o della Battaglia delle band perché a) non potevo parlare apertamente di Paperboy davanti alla mamma di Cass e b) volevo fare un annuncio solenne alle mie compagne, e gli annunci solenni non si fanno due volte. Così ho aspettato.

«Oh mio Dio. Sono così invidiosa! Sei una strega!» ha esclamato Cass, ma non credo che dicesse sul serio. A meno che non sia una grande attrice sembrava sinceramente contenta per me. E se Paperboy le piace davvero, allora il suo comportamento è ammirevole.

Alice era felicissima e ha suonato un accordo bello energico in mio onore. Poi ci ha confessato di aver composto una canzone. Cioè, gli accordi per una canzone. Senza melodia o testo, ma con uno scoppiettante riff sincopato che ci è sembrato davvero bello. Appena l'ha accennato le sono andata dietro con la batteria, mentre Cass suonava una specie di giro di basso funk molto ritmato. E il risultato non è stato per niente male.

«Secondo me» ho iniziato «se riuscissimo a legare tutto quanto e a comporre una melodia e tutto il resto potremmo davvero partecipare alla Battaglia delle band».

«Dici sul serio?» ha domandato Cass.

«Certo! E allora perché ve ne ho parlato?»

«Pensavo che ci stessi solo raccontando la tua conversazione con Paperboy, non che volessi partecipare sul serio. Credevo che fossi contenta perché secondo lui dovremmo provarci».

«Ma io voglio partecipare eccome!» ho esclamato. «Voi no?»

«Io sì» ha risposto Alice.

«Beh, io no» ha risposto Cass. «Sarà solo fra tre settimane e noi non siamo ancora abbastanza brave».

«Ma dài! Ieri sera ho dato un'occhiata al sito. Bastano soltanto due canzoni. Potremmo fare questa e una cover».

Nessuna ha fiatato mentre Cass rifletteva su quello che avevo appena detto.

«Ma t'immagini, Cass» ho ripreso dopo un po'. «Noi tre che ci scateniamo sul palco, la folla che ci applaude...!»

«Che ci prende in giro, vorrai dire» mi ha corretta.

«Che ci applaude!» ho ripetuto.

«Scusa» è intervenuta tutt'a un tratto Alice. «A che serve far parte di una band se suoniamo sempre e solo qui dentro? Qual è il motivo che ci spinge a farlo?»

«L'amore per la musica» ha risposto Cass in tono altezzoso.

«Se fosse soltanto l'amore per la musica, invece di suonare in una band potremmo benissimo starcene ognuna per conto proprio. Dobbiamo suonare davanti alla gente! Abbiamo bisogno di un pubblico».

«Pensa a tutti i ragazzi carini che ci saranno e a come rimarranno sorpresi» ho detto. «Non che sia la cosa più importante, però...»

«Mmm... non so».

«Pensaci su» le ha consigliato Alice da abile diplomatica. «Nel frattempo proviamo un po'».

Così abbiamo continuato a lavorare alla canzone. Alice ha iniziato a cantare una melodia sugli accordi che aveva composto e ognuna di noi è intervenuta con i propri suggerimenti. Poi ci siamo messe a cantare insieme, come uno di quei girl group degli anni Sessanta. È difficile riuscire a sentirsi con il frastuono degli strumenti che ti sovrasta (non possiamo usare i microfoni perché non abbiamo gli amplificatori), perciò abbiamo abbassato il volume della chitarra e della tastiera e io ho provato a suonare più piano. Con Alice, poi, siamo riuscite a intonarci come un piccolo coro. E visto che ci mancava il testo, abbiamo rimediato con un la-la-la. Un po' alla volta, tutto ha cominciato a prendere forma. Anche se stentavo a crederci, sembrava vera musica.

«Wow!» ho esclamato. «Ti rendi conto, Alice? Hai scritto una canzone!»

«*Abbiamo* scritto una canzone, vorrai dire» ha precisato Alice. «Voi due avete messo a punto la parte per la batteria e la tastiera, e tutte e tre abbiamo creato la melodia e abbiamo cantato. Io ho soltanto messo insieme gli accordi».

Ci siamo guardate incredule. Avevamo scritto una canzone! Una canzone nuova di zecca che prima di quel pomeriggio non esisteva! Che sensazione straordinaria! L'abbiamo risuonata daccapo con qualche piccola incertezza qua e là. E alla fine Cass ha dichiarato: «E va bene, facciamolo!»

«Davvero?» ha strillato Alice.

«Ma sì! Rendiamoci ridicole di fronte a tutti quelli che conosciamo. Perché lo sapete che metà della nostra classe verrà soltanto per prenderci in giro, no?»

Sarà anche vero, ma non me ne importa niente. Evviva! Parteciperemo alla gara!

LUNEDÌ

Ho avuto un'idea geniale e mi sono portata a casa alcuni pezzi della batteria per esercitarmi. Ho preso il rullante, che è quel piccolo tamburo che sferraglia, e il pedale della grancassa, che uso colpendo il divano sul fianco. Caro vecchio divano, che ne sarebbe della mia carriera di musicista senza di te? Ormai è diventato a tutti gli effetti un elemento della batteria.

Neanche a dirlo, papà e mamma non sono per niente entusiasti della mia trovata. La mamma ha detto che a forza di picchiare sul divano lo distruggerò. Ho puntualizzato che non picchio poi così forte. Sono pur sempre un'artista preparata, no? In ogni caso, quando arriverà il giorno della gara avrò tutto sotto controllo, anche la faccenda del pedale.

A proposito, è ufficiale: ci siamo iscritte! Ieri sera. È bastato compilare un modulo online, indicando il numero dei componenti e dei cantanti della band e gli strumenti che suoniamo. L'abbiamo detto a Ellie e a Emma, a patto che non lo raccontino a nessuno.

«Però dobbiamo assolutamente venire a vedervi» ha detto Ellie. «Non sarebbe male se ci fosse qualcuno a fare il tifo per voi, no?»

Ovvio, ma soltanto se l'esibizione si rivelasse un trionfo. E non è detto che succeda, anche se non vogliamo ammetterlo. Quant'è complicata la vita di una band!

«Sì, sarebbe bello» ha riconosciuto Cass. «Ma vi potreste annoiare a morte. Ci saranno un sacco di band e di sicuro molte saranno delle vere schiappe».

«Oh, non ti preoccupare» ha detto Emma. «Ci divertiremo lo stesso».

«Beh, allora grazie» ha detto Alice. Chiuso il discorso. Immagino che non sia poi questa gran tragedia rendersi ridicole di fronte a Ellie e a Emma. L'importante è che non vadano a raccontarlo in giro...

Non me l'aspettavo proprio, ma anche Rachel vuole venire!

«Con voi tre sul palco ci sarà da divertirsi» ha commentato. «Ehi, Rebecca, spero che avrai spazio per il divano, il tuo strumento preferito! Dì la verità, quando vai da Alice non suoni la batteria nel garage, vero? Secondo me te ne stai in soggiorno a picchiare sul divano!»

«Ah ah» ho ribattuto. «Non ti ci voglio al concerto se vieni per prenderci in giro».

Ha sospirato. «Dài, sto scherzando. Anche se sono convinta che te la cavi meglio con il divano. Comunque, voglio davvero venire a fare il tifo per voi. Sai, in fondo non sono poi così cattiva».

Mah... forse è vero. Del resto è grazie a lei che ho trovato la batteria.

«Okay, si può fare, ma comportati bene».

Ha alzato gli occhi al cielo. «Che ingrata... Mi stai facendo passare la voglia».

«D'accordo, d'accordo. Voglio che tu venga. Grazie».

«Oh, così va molto meglio» ha aggiunto compiaciuta ed è scappata prima che potessi lanciarle contro una bacchetta (in realtà ho provato a lanciargliela, ma ho colpito lo stipite della porta... Rachel è bravissima a schivare oggetti-volanti-non-identificati e anch'io me la cavo piuttosto bene. Negli ultimi quattordici anni abbiamo fatto molta pratica nel lancio-di-oggetti-addosso-a-sorella).

MERCOLEDÌ

Oggi prova fuori programma! La mamma doveva far visita a un'amica che vive a Malahide, così dopo la scuola ha accompagnato me, Alice e Cass (e ovviamente i pezzi della batteria che avevo portato a casa) da Alice, e più tardi è passata a prendere me e Cass.

Alice è di ottimo umore. Stamattina, infatti, le è successa una cosa fantastica. Mentre camminavamo lungo

Calderwood Road per andare a scuola mi ha detto: «Dovremmo approfittare di ogni occasione per provare un po', anche adesso».

«E come?» le ho domandato. «Hai chitarra e batteria nello zaino?»

Ha sospirato. «No. Volevo dire che dovremmo esercitarci a cantare. Tanto in giro non c'è nessuno. E poi dobbiamo inventarci a tutti i costi un testo».

«Oh, va bene». Così abbiamo iniziato a cantare, a voce piuttosto bassa, direi. È stato divertente da matti mentre camminavamo spedite! A un tratto, a pochi metri da noi, ho notato un tizio in bicicletta che mi sembrava di conoscere. Infatti. Era il ragazzo dei sogni di Alice, che ci guardava con aria amichevole.

«Ehi!» ha iniziato in tono allegro. «Non siete male. Perché non formate una band?»

Era sul punto di andarsene quando Alice, la timida saggia Alice, lo ha guardato fisso negli occhi e ha detto: «Ce l'abbiamo già una band. Io suono la chitarra».

Bikeboy sembrava sinceramente colpito. Adesso pedalava molto lentamente. «Davvero?»

Abbiamo annuito. «E lei suona la batteria» ha aggiunto Alice.

«Wow!» ha esclamato. «Beh, in bocca al lupo per la band allora».

E si è allontanato. Siamo rimaste a fissarci con la bocca spalancata finché non è arrivato in fondo alla strada e ha girato l'angolo. A quel punto abbiamo urlato di gioia, ma non troppo forte.

«Alice, suonare in una band ti fa proprio bene! Qualche settimana fa non avresti mai avuto il coraggio di parlare con Bikeboy».

«Hai ragione» ha risposto lei. È stata di buon umore per tutta la giornata, perfino quando Miss Kelly ha iniziato uno sproloquio sulla crisi petrolifera e si è augurata che ci piaccia andare in bicicletta perché quando noi avremo quarant'anni gli unici a potersi permettere un'automobile saranno i miliardari.

La prova è andata molto bene. Abbiamo scritto dei testi piuttosto semplici, forse anche troppo, per la nostra canzone. Il fatto è che non eravamo molto sicure del tema da affrontare, perché i testi delle canzoni dovrebbero parlare di esperienze importanti, magari sentimentali, e in realtà nessuna di noi ne ha mai vissuta una. Finora abbiamo avuto soltanto cotte per ragazzi che non conosciamo nemmeno tanto bene e, come ha detto Cass pensierosa, «è impossibile scrivere una canzone su quell'argomento senza passare per stalker». Così abbiamo continuato con il la-la-la, finché Alice non ha detto: «Bex, e se scrivessimo di tutto il casino che è successo per colpa del libro di tua madre?»

«Che cosa?!» ho esclamato. «No, non se ne parla. Sarebbe demenziale».

«Infatti» ha confermato Cass, e ha iniziato a canticchiare sulla melodia della nostra canzone senza titolo.

Mia madre ha scritto un libro sfigato
e la mia prof ha proprio sclerato...

«Non dico che dovremmo scrivere proprio del libro di tua madre» ha precisato Alice. «Potremmo parlare di una ragazza che vuole mostrare al mondo chi è veramente. Che poi è il tuo desiderio, visto che tutti pensano che Ruthie O'Reilly sia tu».

«Ehi, mi sembra una buona idea!» ha commentato Cass.

«E dài, mica lo pensano tutti... O no?»

«Sentite un po' qua». Alice ha iniziato a suonare gli accordi della canzone. Poi ha aggiunto le parole.

Pensate di conoscermi,
di sapere la mia vita com'è.
Ma non avete idea,
della mia vita, SECONDO ME!

«Però... non è male» ha detto Cass.

«Già». Mi sono seduta alla batteria. «Proviamo tutte insieme».

Niente male, davvero. Abbiamo anche aggiunto altro testo (che Alice ha subito scritto per paura che ce lo dimenticassimo) e secondo me funziona. Certo, ogni tanto Alice sbagliava un accordo oppure io facevo cadere una bacchetta, ma abbiamo cantato le due canzoni dall'inizio alla fine un sacco di volte SENZA ERRORI GRAVI.

«Sembriamo una vera band!» ha esclamato Cass. «O almeno una vera band da miniconcerti, visto che le canzoni che suoniamo sono soltanto due».

«Proprio quel che ci serve per la Battaglia» ho puntualizzato.

Alla fine della prova eravamo tutte così su di giri che ho dimenticato quanto odio la mamma e in macchina, mentre tornavamo a casa, ho addirittura chiacchierato allegramente con lei. Dopo aver accompagnato Cass, mi ha chiesto: «Allora, mi hai perdonata?»

In quel preciso istante mi sono tornate in mente le cose terribili che erano successe a scuola.

«No» ho risposto «e non ti perdonerò mai. Quel libro mi ha rovinato la vita!»

E non ho più parlato per il resto del tragitto. Ammetto che l'aria triste della mamma un po' mi ha fatto sentire in colpa, ma poi ho ripensato a Karen Rodgers che sogghignava mentre leggeva i brani del libro e non ho aperto bocca. Anche se fare la sostenuta e la scostante non mi riesce molto bene. A casa abbiamo guardato un programma divertente alla tele, e i miei buoni propositi di starmene in un angolino del divano senza ridere anch'io come una scema sono svaniti nel giro di qualche minuto. In effetti il programma era proprio divertente, e fare la sostenuta non lo è per niente.

Comunque non ho ancora perdonato la mamma.

VENERDÌ

È venerdì. Anzi, come ho deciso di ribattezzarlo, è Paperboy Day. Anche se oggi alla fine non l'ho visto. Cavolo, avevo proprio bisogno di tirarmi un po' su di morale dopo quel mortorio della scuola. Anche quando non mi tormenta e non si comporta come una svitata, Mrs Harrington è comunque un'insegnante insopportabile. Se ripenso a quanto erano divertenti le lezioni di inglese di Miss Ardagh mi viene da piangere. Erano le mie preferite. Adesso mi terrorizzano. Per fortuna oggi Mrs Harrington mi ha risparmiato ulteriori umiliazioni. Ha semplicemente straparlato di *Grandi speranze* per un tempo infinito. Non che le altre lezioni siano state meno noiose... a parte quella di tedesco che è stata noiosa E PURE assurda. Mi sono ritrovata accanto a Vanessa Finn che mi ha riempita di bigliettini sulla sua festa ridicola, nemmeno fossimo amiche del cuore. A quanto pare per l'occasione si sta facendo fare un abito in non so... oro massiccio, mi pare... Il mio cervello si è spento dopo la prima frase. Com'è possibile che i suoi spendano tutti questi soldi per delle scemenze simili? Ma non sa che dovremmo *stringere la cinghia*? Ora, non so che cosa significhi esattamente *stringere la cinghia*, ma sono abbastanza sicura che non dovremmo spendere soldi in vestiti dorati e carri armati.

Così oggi non è stata per niente una giornata positiva, e come se non bastasse non ho neanche visto Paperboy!

La mamma mi aveva dato il permesso di esercitarmi con i pezzi della batteria che ho portato a casa, a patto che lo facessi nella mia stanza e non in soggiorno sul mio adorato divano. Così tornata da scuola ho pensato che dedicarmi alla batteria mi avrebbe fatto sentire meglio. E avevo ragione. Ho messo su un po' di musica e me la stavo spassando un sacco quando è entrata Rachel. Aveva un appuntamento con Tom, quindi si era messa talmente in tiro da risultare pacchiana.

«Che vuoi?» le ho domandato. «Mi sto esercitando».

«Me ne sono accorta. Ti si sente in tutta la casa. Pensavo ti facesse piacere sapere che Paperboy stasera era proprio in forma».

Per poco non ho fatto cadere le bacchette.

«Quando l'hai visto?!»

«Poco fa» ha risposto compiaciuta, «è appena passato per i soldi».

«Ma… sono solo le cinque e mezzo! E non ho sentito il campanello!»

«Vorrei vedere, con il casino che stai facendo! Si sentirà fin dalla strada».

Ho aggrottato la fronte. «Uff, sembri la mamma. Nooooo… Com'è potuto succedere?!». Ormai con Rachel non fingo più di non avere una cotta per Paperboy. I miei sforzi di negarlo sembravano divertirla un sacco. «È l'unico ragazzo che mi piace e riesco a vederlo soltanto una volta alla settimana».

Rachel ha sospirato. «E se ti dicessi che mi ha chiesto di te? Ti sentiresti meglio?»

Questa volta le bacchette le ho fatte proprio cadere. «Sul serio?» ho strillato.

«Sì!» ha risposto Rachel. «Cioè, in un certo senso. Quando ho aperto aveva l'aria sorpresa. Sarà così abituato a trovare sempre te che ti precipiti alla porta e apri con il fiatone che forse non si rende conto che qui ci abita anche qualcun altro. Comunque... Mi ha spiegato che era passato per i soldi dei giornali e io gli ho detto "Oh, sei un po' in anticipo. Vado a prenderli". Lui ha anche accennato a un cambio di orario. Io sono andata dalla mamma per i soldi e, quando sono tornata alla porta, lui ha indicato il piano di sopra e ha detto: "Ehm... è tua sorella che suona la batteria?". E io: "Mi dispiace, ma non ho sorelle. Però ci prendiamo cura di una povera orfanella un po' idiota e ogni venerdì sera le permettiamo di suonare con pentole e cucchiaio di legno"».

«Che cosa?!» ho urlato.

«Calmati, stupida. Non è vero. Mi sono comportata da sorella perfetta. "Sì, è lei. È piuttosto brava" gli ho risposto».

«Gli hai detto proprio così?» le ho domandato stupita.

«Sì» ha risposto Rachel. «Sul serio! E lui: "Sì, è molto brava" e sembrava anche abbastanza colpito. Così ho continuato: "Sai, ha una band. E la prossima settimana parteciperanno a non so che gara". E lui: "Forte. Andrò a vederle". Fine».

«Che significa *fine*?»

«Che mi ha salutata e se n'è andato. Che pensavi che avrebbe fatto? Che sarebbe salito per fare un drum circle con te?»

«Com'era quando ha detto che sarebbe venuto alla gara? Ti è sembrato che l'abbia detto soltanto per educazione o perché ci teneva sul serio?»

«E che ne so. Non sono mica io quella con la fissa per lui. È stato molto gentile e te l'ho già detto: sembra che il tuo terrificante martellare gli abbia fatto un'ottima impressione. Boh... Sembra che provi perlomeno un minimo di interesse per la tua ridicola band. Dev'essere un po' suonato».

«Ma...» ho iniziato. Rachel mi ha interrotta. «Senti, devo vedermi con Tom. E comunque ti ho detto tutto sul tuo innamorato. Se hai intenzione di analizzare ogni sua singola parola, vai da Cass».

Impossibile purtroppo, perché è a una partita di calcio del fratello. I suoi genitori vogliono che vadano tutti insieme per rafforzare i rapporti in famiglia. Cass dice che queste partite sono la cosa più noiosa del mondo e lei se ne sta tutto il tempo a bordo campo con l'iPod. In questa stagione non è male, ma d'inverno è una vera tortura. Allora ho chiamato Alice. Siamo state un bel pezzo al telefono nel tentativo di decifrare le parole di Paperboy.

«Mi dispiace, ma forse voleva solo dire che andrà alla Battaglia delle band. Niente di più» ha detto Alice.

«Ma per vedere noi o i suoi amici?»

«Beh, sinceramente Bex, credo proprio che andrà per i suoi amici. Sarebbe un po' strano se venisse soltanto per noi. Quasi non ti conosce».

«Lo so, lo so». Certo che lo so. Ma è bello pensare che venga per vedere noi. Anche se forse sono io che mi illudo.

SABATO

Oggi niente prova, l'abbiamo spostata a domani. Sono rimasta a casa, non sono nemmeno andata in città o da Cass. In teoria avrei dovuto annoiarmi tutto il giorno, ma non avere niente da fare a volte può essere molto piacevole. E poi sapevo che volendo avrei sempre potuto chiamare Cass. Così non ho avuto per niente l'impressione di essere costretta a rimanere da sola in casa. Ho passato il tempo a leggere, guardare la tele e pensare a Paperboy. Rachel era da Tom e mamma e papà erano andati a comprare delle piante in un vivaio (davvero affascinante la vita degli adulti, come no! Ma scherziamo?! Se un giorno dovesse venirmi la voglia irresistibile di andare in un vivaio, cioè il posto più noioso della terra con tutti quei giganteschi vasi di terracotta e le panchine di metallo, spero che qualcuno mi spari), così avevo la casa tutta per me. Mi sono accoccolata con Bumpers in un angolino del divano, con una tazzona di cioccolata calda, una pila di libri e riviste, alcuni dvd e il telecomando. Insomma, un centro benessere di lusso, ma meno salutista. Quando papà e mamma sono tornati con una vanga, un grosso sacco di concime e non so che altra roba assurda, mi sentivo molto rilassata e adulta.

«Bentornati» li ho salutati educata. «Vi siete divertiti? Gradite una tazza di tè?»

Mi hanno guardata sospettosi.

«Che hai combinato?» mi ha domandato papà. «Hai rotto qualcosa?»

Uffaaa! Che senso ha comportarsi da adulta se poi continuano a trattarmi come se avessi cinque anni?

DOMENICA

Prova della band! Le ore passate a esercitarmi a casa stanno dando i loro frutti. Non sono più l'elemento debole del gruppo. Anzi, direi che ce la caviamo tutte piuttosto bene. E meno male, dato che mancano meno di due settimane alla gara. C'è ancora un problema però.

«Secondo me dovremmo... non so... metterci più in mostra sul palco» ha esordito Cass.

Che differenza rispetto al suo solito modo di parlare della band! Tanto che le ho poggiato una mano sulla fronte.

«Cass, hai la febbre?! Sai, sembri proprio tu, la solita vecchia Cass, e non quella che è sul punto di scoppiare a piangere ogni volta che accende la tastiera».

Ha alzato le spalle. «Dobbiamo lavorare sulla nostra *presenza scenica*».

«*Presenza* che?!» ho esclamato. «Guarda che non stiamo partecipando a un megaconcerto in uno stadio. Non avremo tempo per il cambio costumi!»

«Lo so. Ma non possiamo mica salire sul palco e fare le belle statuine. Dobbiamo inventarci qualcosa!»

«Di ballare non se ne parla» mi sono affrettata a chiarire. «Non ho intenzione di fare niente che possa far pensare a Ruthie e alle Wildfire».

«Macché ballare... Come potremmo ballare, scusa? Tu sei seduta e Alice è bloccata dalla chitarra. E io da sola non ballo!»

«Già, sembreresti un'invasata» ha commentato Alice.

«Ma dobbiamo fare qualcosa» ha insistito Cass. «Non so... tipo... suonare *con verve*».

«Suonare *con che*?» ha domandato Alice.

«Ma già lo facciamo!» ho esclamato. «Siamo gasatissime!»

«Sì, però passiamo quasi tutto il tempo con gli occhi bassi sugli strumenti» ha obiettato Cass.

«Perché siamo concentrate» ha spiegato Alice. «È indispensabile, lo sai».

«Ma siamo una palla! Dobbiamo inventarci qualcosa! Non so... guardare il pubblico...»

«E va bene» ho detto. «Proviamo a suonare senza guardare gli strumenti. Soddisfatta, Lady Gaga?»

«Ah ah, spiritosa».

Così abbiamo fatto una prova senza guardare gli strumenti. Una tragedia! Cioè... in realtà Cass e Alice non hanno avuto grossi problemi. Io invece ho sbagliato praticamente tutta la canzone e non sono riuscita a colpire i piatti neanche una volta.

«Beh, in effetti noi due suoniamo da più tempo». Alice è stata molto carina a giustificarmi. «Dopo un po' viene naturale».

«Forse puoi concentrarti sulla batteria e alzare lo sguardo ogni tanto» mi ha consigliato Cass.

Ok, anche se in meno di due settimane è escluso che riesca a diventare una maga dei tamburi-suonati-alla-cieca!

Però quando li colpisco non sono poi questa schiappa. Ed è già qualcosa.

LUNEDÌ

O MIO DIO! Ho scoperto perché Vanessa Finn è stata così stranamente amichevole con me. Da un po' di giorni non fa altro che farneticare sulla sua assurda festa di compleanno, giusto? A quanto pare ha chiesto di partecipare a *La mia superfesta di compleanno*, un programma televisivo su un mucchio di orrendi ragazzini viziati e le loro esagerate feste di compleanno. Visto che in questo periodo sono stata (mio malgrado) al centro dell'attenzione, Vanessa pensa che essere mia amica avrà un impatto positivo sui giudici.

Da non credere, mi stava USANDO! E se mi fosse davvero piaciuto parlare di carri armati e pony rosa, e avessi pensato che stavamo diventando amiche? Adesso ci starei malissimo. Invece sono soltanto incavolata.

La verità è venuta fuori oggi, durante la pausa pranzo. Cass, Alice e io eravamo nello spogliatoio, nascoste sotto i giubbotti, a decidere come vestirci per la gara... e a parlare di quanto sarebbe stata fantastica la nostra canzone quel giorno. Secondo me dovremmo essere tutte superchic, mentre Alice è più per un abbigliamento casual.

«Cioè?» le ho domandato.

«Jeans e maglietta o un top, ma non troppo elegante».

«Praticamente come ci vestiamo ogni giorno!» si è lamentata Cass. «Mica possiamo salire sul palco come se fossimo appena andate in centro il sabato pomeriggio!»

«Beh, ci truccheremo» ha aggiunto Alice «e ci sistemeremo i capelli».

«Per te è facile» si è lamentata Cass. «I tuoi capelli sono decenti. Guarda me e Bex. In pratica abbiamo un mocio in testa».

«Ehi!» ho esclamato. «Parla per te, testa di mocio!»

In quel momento abbiamo sentito delle voci. Erano Vanessa e la sua amichetta Caroline.

«Quando verranno per l'intervista?» ha domandato Caroline.

«Fra una o due settimane» ha risposto Vanessa. «Per quel giorno la maggior parte dei preparativi per la festa dovrà essere già a posto, così quelli della tv sapranno esattamente cosa aspettarsi».

Ci siamo guardate sbalordite. Chi mai poteva voler intervistare Vanessa? Forse aveva deciso di trasferirsi nella zona sud di Dublino, quella per ricchi al di là del Liffey, e volevano conoscerla per decidere se aveva tutti i requisiti.

«È impossibile che non ti accettino, Nessa. Hai avuto delle idee sensazionali e ormai è quasi tutto pronto».

«Beh, ho lavorato sodo» ha ammesso Vanessa. «Adesso devo soltanto procurarmi il mio AVE».

«Cioè?»

«Il mio Argomento di Vendita Esclusivo. Qualcosa che nessun altro avrà. Ecco perché voglio che Rebecca partecipi».

Ci siamo guardate esterrefatte.

«Ehm... Forse non ho...» ha iniziato Caroline.

«Rebecca è praticamente una celebrità, è apparsa su un sacco di giornali. Lo sapevi che sua madre è una scrittrice famosa? Ma famosa sul serio! È stata ospite al *The Late Late Show* e perfino alla televisione inglese. Io non ne sapevo niente».

«E certo, non ne parla mai» ha commentato Caroline.

«Già. Incredibile, no? Comunque lo dirò ai tizi del programma. Quando scopriranno che una delle mie amiche è famosa, non potranno resistere. I produttori dei reality adorano chi ha genitori famosi. Impazziranno».

«Impazzirebbero comunque» ha aggiunto Caroline, da amica leale. «Ma... ehm... credi che Rebecca accetterà?»

«Ma certo! Le ho raccontato dei miei progetti ed era molto interessata. E poi l'ho riempita di complimenti. Lei e le sue amiche non sono abituate a riceverne da una come me. Si saranno subito montate la testa».

Basta! Ne avevo davvero le scatole piene. Sono scattata in piedi e ho tirato fuori la testa da sotto i giubbotti. Vanessa e Caroline hanno strillato.

«Ma come ti permetti?!» sono esplosa. «Primo: non sono una celebrità, pazza furiosa che non sei altro. Secondo: per nessun motivo al mondo ti aiuterei a partecipare a quel programma allucinante!»

«Non è allucinante!» ha protestato Vanessa, che sembrava si fosse già ripresa dallo shock di vedere la mia testa spuntare da sotto i giubbotti. Caroline, invece, pareva sul punto di svenire o di avere un infarto.

«Sì che lo è!» ho insistito. «E non riuscirai MAI a trascinarmi in questa storia! Allora è per questo che ultimamente sei stata così gentile con me?»

«No» ha risposto. «Io sono generosa per natura».

«Oh mamma... Ascoltami bene Vanessa, anche se mi pagassi, anche se mi... IPNOTIZZASSI, non parteciperei mai a quel programma. E nemmeno a quella festa da dementi».

«Non è da dementi! Anzi, sarà strepitosa. L'amico di papà mi ha prestato il carrarmato. E ho anche il pony ROSA...»

«Un pony rosa?» ha detto Cass da sotto i giubbotti. «Cos'è? Adesso sei diventata una maga?»

«Lo tingeremo, ovviamente» ha risposto Vanessa come se stesse parlando a un'idiota. «Il pony sfilerà davanti al carrarmato, dal quale io saluterò la gente. Ne parleranno tutti».

«Eccome se ne parleranno tutti» ha commentato Cass.

«Ascolta, Rebecca» ha ripreso Vanessa con un tono assennato stile siamo-due-adulte-ragionevoli. «Non devi decidere adesso. Il selezionatore del programma tv arriverà fra un paio di settimane. Quindi pensaci su, ok? Vieni Caroline».

E se ne sono andate tra misteriosi sbuffi e rumori soffocati che provenivano da un punto alle mie spalle.

Mi sono girata. Alice e Cass si stavano scompisciando dalle risate. Cass, in particolare, era distesa a terra boccheggiante. Ho creduto che le sarebbe venuto un colpo.

«Divertente, eh?» ho commentato. «Come farsi usare da una squilibrata».

«Ma *è* divertente!» ha esclamato Alice. «Dài Bex. Ammettilo!»

«Lo sarebbe se stesse succedendo a qualcun altro».

«Oh, mamma...» ha ansimato Cass. «Spero che sfilerai davanti al carrarmato... in sella al pony!». E lei e Alice sono scoppiate di nuovo a ridere come matte.

«Magari ci farà sfilare dietro il carrarmato come una banda» ha azzardato Alice.

«Oooh, sì» è intervenuta Cass. «Ti prego, Bex! Facci marciare dietro di te e la tua nuova migliore amica!». E tutte e due mi hanno fissata con le mani giunte come se stessero pregando.

Lo ammetto, un po' divertente lo era.

La cosa più pazzesca, però, è che Vanessa non sembra credere che tutta questa storia del reality non mi interessa. Durante le lezioni del pomeriggio continuava a sorridermi e a farmi salutini con la mano. A casa ho detto tutto alla mamma. Ormai mi sono così abituata a raccontarle ogni singolo fatto insopportabile che mi capita per colpa del libro che non ci sto più male. Cioè, forse un pochino sì. Appena ho smesso di sbraitare la mamma ha detto che Vanessa ha una forte autostima.

«Tante adolescenti odiano se stesse» ha commentato. «Vanessa, invece, sembra molto sicura di sé. E questo è un bene».

«Secondo me è solo una povera illusa».

«In effetti... È come se non riuscisse ad accettare un *no* come risposta». Si è interrotta. «Te l'ho già detto, mi dispiace davvero tanto per tutto il trambusto che è scoppiato a scuola per via di Ruthie. Non me lo sarei mai immaginato».

«E invece avresti dovuto» ho ribattuto. «Se ti fossi scomodata a parlare del libro con me e Rachel, ci avrei pensato io a dirti quanto sarebbe stata assurda tutta la faccenda».

«Già» è intervenuta Rachel entrando in cucina e prendendo una mela dal cesto della frutta. «È incredibile che tu non ti sia resa conto di quanto sarebbe stato imbarazzante per noi».

«Lo so e mi dispiace» ha ammesso la mamma. «Ma Vanessa non è poi così cattiva, vero? Cioè, non fa la prepotente, no?»

«Nessuna fa la prepotente con me» ho precisato, «nemmeno quella scema di Karen. Sono soltanto una gran scocciatura».

La mamma sembrava sollevata. «Beh, non è bello, ma non è nemmeno la fine del mondo, giusto?»

«Facile per te parlare».

«Ascoltatemi un attimo. Nelle ultime settimane ho imparato che è meglio informarvi in anticipo su qualsiasi novità che riguardi il nuovo libro. Quindi vi avviso che giovedì uscirà una mia intervista su una rivista. Ve lo avrei detto prima, ma ho saputo soltanto oggi che l'avrebbero pubblicata. E non vi preoccupate» si è affrettata ad aggiungere appena Rachel e io abbiamo aperto la bocca per parlare «non ci sono vostre fotografie. L'intervista, però, risale a prima che uscisse il libro, quando ancora non immaginavo quanto vi avrebbe turbato essere coinvolte in tutta questa storia».

Aiuto! E questo cosa significa? Spero solo che non abbia usato di nuovo la parola *pagliacciate*.

MERCOLEDÌ

Da quando abbiamo scoperto il suo abominevole piano, faccio di tutto per evitare Vanessa. Più facile a dirsi che a farsi, visto che siamo nella stessa classe. Lei fa tutta la carina con me e io la ignoro. Oggi a pranzo, però, ha perso la pazienza.

«Senti» ha iniziato. «Ma che problema c'è? Tu mi aiuti ad andare in televisione e poi partecipi alla mia festa. Semplice, no?»

«Vanessa, non so più come dirtelo senza sembrare maleducata, NOI NON SIAMO AMICHE. Scusa, quasi non mi rivolgi la parola per un anno e adesso mi usi per andare in televisione? Spiegami perché dovrei venire alla tua festa!»

«Perché sarà megagalattica e apparirai anche nella trasmissione tv» ha risposto come se si trattasse del sogno che tutti vorrebbero vivere.

«Non è il tipo di festa che fa per me» ho ribattuto come se nella mia vita avessi partecipato a chissà quali eventi spettacolari e sapessi esattamente quali mi piacciono e quali no. «Te l'ho già detto. Non voglio essere maleducata, ma non verrò alla tua festa. Sono sicura che ti faranno partecipare lo stesso al programma. Perché non gli racconti del carrarmato?»

«Lo sanno già» ha risposto. «L'ho scritto nella domanda. Ma mi serve un effetto sorpresa».

«Beh, non sarò io».

«Dài, almeno pensaci su». E si è allontanata prima che potessi replicare.

«Allucinante!» ha commentato Cass. «Non riesce ad accettare la realtà».

«Credo che sia così abituata a sentirsi dire di sì dai suoi genitori che non capisce proprio quando qualcuno le dice di no» è intervenuta Alice.

E in effetti è un bel fenomeno! Quasi quasi la invidio. Il mondo dev'essere per forza un posto più bello quando si vede tutto rosa. Anche se Vanessa non potrà andare avanti così per sempre, se ne renderà conto quando non mi vedrà arrivare alla sua festa.

Soprattutto, chi ci andrà? A parte Caroline, a scuola praticamente non ha amiche. Ma non sembra che gliene importi un granché, dato che non parla quasi con nessuno. Forse ha tanti amici ricchi che nessuna di noi conosce.

GIOVEDÌ

A scuola è filato tutto abbastanza liscio. Karen Rodgers non c'era, quindi nessuno ha fatto commenti maliziosi sulle Wildfire, mentre Vanessa si è limitata a rivolgermi sguardi e cenni d'intesa, come se facessimo parte di una setta segreta.

Comunque sono piuttosto sicura che le cose cambieranno appena qualcuno si procurerà una copia della rivista. È uscita oggi e l'ho anche sfogliata. È vero, non ci sono fotografie mie e di Rachel, ma la mamma dice cose del tipo *se non fosse stato per le mie figlie non avrei mai scritto il libro* e *sono la mia fonte di ispirazione, anche se non lo sanno*. C'è anche una sua gigantografia scattata in un elegante hotel mentre se ne sta seduta a un tavolo stracolmo di dolci. Ecco, quello sì che convincerà Vanessa che la mamma è ricca e famosa. Proprio l'ultima cosa di cui ho bisogno.

VENERDÌ

Lo sanno tutte! Del concerto, intendo. Colpa di quella scema di Ellie. Sono molto tentata di spiattellare in giro che in realtà si chiama Galadriel. Se lo meriterebbe proprio! A ora di pranzo ce ne stavamo in gruppo a chiacchierare (io ero piuttosto agitata, avevo paura che di punto in bianco Karen Rodgers potesse tirare fuori una copia di quella rivista, ma PER FORTUNA sembra che nessuna ne sappia niente).

Emma ci stava raccontando dell'orrendo vestito da damigella che dovrà indossare per il matrimonio della sorella. «Non riesco nemmeno a sedermi» si lamentava. «Sembra una gabbia. È tenuto su da minuscoli pezzetti di metallo. In teoria dovrebbe sostenermi il seno, ma visto che non c'è molto da sostenere il risultato è ridicolo».

«A proposito di abiti improbabili» è intervenuta Ellie «voi tre avete deciso come vestirvi per la Battaglia delle band della prossima settimana?»

Cass, Alice e io l'abbiamo guardata pietrificate.

«Che battaglia?» ha domandato Jessie.

«Ops» ha mormorato Ellie con aria colpevole, «scusate».

«Non ti preoccupare» ha risposto Cass.

«Non sappiamo nemmeno se parteciperemo» ha aggiunto Alice.

«Cioè?» ha insistito Jessie. «Farete davvero un concerto? E dove?»

A quel punto hanno iniziato a farci mille domande e alla fine ci siamo arrese e abbiamo ammesso che sarebbe stato la prossima settimana. Tanto l'avrebbero scoperto comunque.

E così pare che la classe al completo verrà a vederci. Inclusa, ovviamente, la mia fan numero uno, che è sbucata da dietro gli armadietti mentre tornavo in classe dopo pranzo.

«Non vedo l'ora che arrivi il giorno del tuo concerto» mi ha confidato Vanessa.

«Grazie. Ehm... lo sai che alla tua festa non ci vengo lo stesso, vero?»

«Ne parliamo un'altra volta» ha risposto con tono da adulta. «Ora ho un sacco di cose da fare».

Mentre si girava ha preso il suo telefono fighetto e ha fatto una chiamata.

«Ciao, Robbie» ha detto con la voce di una trentacinquenne. «Sono Vanessa Finn. Esatto». E si è allontanata.

Anch'io vorrei poter fare telefonate quando mi pare durante le ore di lezione. Ora che ci penso, però, a parte i miei chi potrei chiamare? Tutte le mie amiche sono a scuola.

Un lato positivo però la giornata l'ha avuto: ho rivisto Paperboy, anche se solo per un secondo. Dopo la sua visita anticipata della settimana scorsa sono rimasta in attesa da quando ho rimesso piede in casa. Non sono nemmeno andata in camera mia per suonare un po', anche se avrei tanto voluto. E lui che fa? Si presenta alla solita ora. Ancora adesso, quando gli apro la porta mi sento nervosa ed emozionata.

«Ehi!» ha esclamato.

«Ehi!»

Vorrei dirgli qualcosa di strabiliante e divertente ogni settimana. Qualche volta provo perfino a prepararmi un discorsetto in anticipo, ma è inutile. Forse semplicemente non esistono tanti modi strabilianti e divertenti per salutare qualcuno che passa da casa tua per recuperare i soldi dei giornali.

«Alla fine avete deciso se partecipare alla Battaglia delle band?» mi ha domandato.

«Sì. Grazie per avermene parlato».

«Di niente. Vedrai, ci sarà da divertirsi. Non perché la gente vi prenderà in giro eh, sia chiaro».

«Lo spero proprio!»

«Però potrebbe succedere alla band di Johnny. Ultimamente, ehm... si sono dati all'hip-hop, con risultati un po' incerti. Vedremo... Scusa se te lo chiedo, ma... hai i soldi per i giornali?»

«Certo» ho risposto e sono corsa in cucina. La mamma mi ha rivolto quella che per me era semplicemente una smorfia paternalistica, ma che per lei (ne sono sicura) sarà stato il sorriso di chi la sa lunga.

«Soldi per i giornali?» mi ha chiesto porgendomi le monete. Le ho prese senza dire niente. Però l'ho guardata di traverso (cosa che in questo periodo mi riesce particolarmente bene) e mi sono allontanata con passo pesante.

Paperboy ha preso quello che gli spettava.

«Grazie» ha detto. «E in bocca al lupo! A proposito, la settimana scorsa eri fantastica con la batteria!»

E si è allontanato senza fretta prima che potessi aggiungere qualcosa.

Non era il caso di chiamare Alice o Cass per analizzare quel che era successo, così mi sono sdraiata sul letto a riflettere. Ho provato a ricordare cosa pensassi prima di Paperboy e della band. Perché in questi giorni mi sembra di non pensare ad altro, a parte i continui tentativi della mamma di umiliarmi. E il riscaldamento globale. E Vanessa.

Mmm... E invece penso a un sacco di cose. Peccato però che siano quasi tutte orribili.

SABATO

Oggi siamo andate in giro a fare shopping per comprare qualcosa da metterci per la serata. Dato che il primo concerto è un'occasione speciale, i nostri genitori ci hanno dato un po' di soldi. Grandioso, vero? Già... peccato che abbiamo passato il tempo a discutere su come vestirci.

Cass è ancora fissata con la presenza scenica. «Dobbiamo sembrare una vera band» ha detto quando ci siamo incontrate in Grafton Street.

«Beh, non è già abbastanza ovvio» ha detto Alice «visto che ce ne staremo in piedi su un palco con degli strumenti in mano?»

«O comunque sedute dietro degli strumenti» ho precisato.

Cass ha sospirato. «Voglio dire che dobbiamo trovare il nostro look. Un *look da band*».

«Se hai in mente abiti coordinati, scordatelo» ho chiarito subito. «Sembreremmo una di quelle orrende girl band».

«Appunto. E ci manca solo che Karen Rodgers ci chiami Wildfire».

«Ma chi ha parlato di abiti coordinati!» ha replicato Cass. «Però dobbiamo sembrare una squadra, non possiamo indossare ognuna una cosa diversa».

«Beh, ci vestiamo già in modo simile» ha detto Alice. Ed è vero, in pratica ci piacciono le stesse cose. «Secondo me dovremmo metterci quello che ci piace. Scegliere il look giusto, ma senza sembrare troppo *studiate*».

Tutto vero, ma più ci pensavo più ero d'accordo con Cass. Mi piaceva l'idea della squadra, o del gruppo.

«E se ci mettessimo tutte, non so... un vestitino? O jeans, top e Converse?» ho proposto. «Avremmo uno stile simile, ma non saremmo uguali».

Il mio piano geniale è stato approvato. A quel punto rimaneva da scegliere il nostro comune denominatore, come si dice in matematica. Cass proponeva un vestito, Alice i jeans. A me spettava l'ultima parola, ma non riuscivo a decidere, così abbiamo finito per litigare in mezzo alla strada. Finché Cass non ha detto: «Scusate, secondo voi quanta gente in jeans ci sarà? Probabilmente tutti! Con un vestitino invece ci faremmo notare di più. E poi ogni tanto ci capita già di metterci una gonna o un vestito!»

Il suo ragionamento non faceva una piega.

«È che non voglio dare l'impressione che stiamo esagerando. O che siamo troppo bamboline».

«Che male c'è?» ha detto Cass. «Dimostreremo a tutti che anche le ragazze possono suonare, a prescindere da come si vestono».

Ci siamo guardate.

«Okay» ha detto Alice. «Vada per il vestitino. Ma niente abiti da sera o cose simili».

«Ma no, ovvio!» ha esclamato Cass.

Abbiamo passato il resto del pomeriggio a provarci

vestiti. Alla fine io ne ho scelto uno rosso con il colletto bianco e una fila di bottoni sul davanti, Cass uno blu scuro a fiori rossi e Alice uno blu chiaro con minuscoli pois color crema.

Dopo la nostra memorabile spedizione per negozi siamo tornate a casa di Cass a provarli. E ci siamo anche truccate un po'. Se fossimo state da me avrei implorato Rachel di prestarci una di quelle trousse di trucchi superchic tipo Benefit, Nars o Laura Mercier che si fa regalare per il compleanno. Di solito le tiene in non so quale nascondiglio segreto nella sua stanza, lontano dalla mia portata (tranne quando le lascia in giro per il bagno, allora riesco a fregargliele, cioè... prenderle in prestito). Tra le altre cose ha un fard fighissimo. Oggi però non avevamo niente del genere, pazienza. Comunque anche con i nostri trucchi il risultato non è stato niente male. Mi sono data una spolverata di cipria minerale sul naso per evitare l'effetto lucido, e mi sono messa un po' di eyeliner grigio fumo e di lucidalabbra trasparente. Poi siamo andate nella camera da letto dei genitori di Cass e ci siamo schierate tutte e tre davanti allo specchio per vedere che effetto facevamo così in tiro e truccate. Purtroppo lo specchio non era abbastanza grande, per entrarci insieme saremmo dovute andare dalla parte opposta della stanza, ma poi il letto ci avrebbe coperto le gambe.

«Non importa, vediamo già abbastanza» ha detto Cass. «Certo che...»

«... sembriamo proprio una band» l'ha interrotta Alice. Ha scattato una foto con il cellulare ricevuto per il compleanno, che ha una fotocamera super e uno schermo bello grande. Insomma, niente a che vedere con quegli aggeggini che abbiamo Cass e io. Ci siamo strette attorno a lei per guardare la foto: eravamo effettivamente più belle del solito!

«Wow» ho confermato, «adesso sembriamo proprio una band».

Ed era vero.

«Beh, se non altro i vestiti che abbiamo scelto non fanno a pugni tra di loro» ha commentato Cass.

DOMENICA

Penultima prova della band prima del grande giorno. L'ultima la faremo durante la settimana.

«Quella potrebbe essere la nostra prova costumi» ha suggerito Cass, che sembra davvero convinta di partecipare al concerto di una superstar famosa e non a una Battaglia delle band per ragazzini.

«Ma dài!» le ha risposto Alice. «Non abbiamo bisogno di una prova costumi. Non dobbiamo cambiarci abito e non abbiamo una scenografia».

«Potremmo provare con i vestiti nuovi. Per abituarci».

«Tu fai come vuoi» ho risposto. «Io lo tengo da parte per sabato. Metti che ci versi sopra qualcosa».

«Per esempio?» ha domandato Cass.

«E che ne so! Tè, succo d'arancia, qualsiasi cosa! Oppure potrei inciampare in un cavo, cadere a faccia in giù e strapparlo».

«Mi sembra improbabile» ha commentato Cass. «Finora non è mai successo».

«Ma potrebbe succedere» ho ribattuto. «Ma poi, scusa, perché stai facendo tutte queste storie?»

«Voglio farmi un'idea di come sarà stare sul palco sabato!» ha esclamato.

«Beh, è impossibile» è intervenuta Alice. «A meno che non fai venire qui un sacco di gente, compresa metà della nostra classe. È questo che hai in mente?»

«Scusate tanto se ci tengo a questa stupida band!» è sbottata lei quasi sul punto di piangere.

Per un po' nessuna ha parlato.

«Ehm» ha ripreso Alice, «mi sa che ci stiamo agitando un tantino...»

Si è guardata attorno. Cass era appoggiata alla tastiera e io giocherellavo con le bacchette. Nessuna guardava in faccia le altre.

«Lo so che siamo tutte un po' tese» ha continuato, «ma non c'è niente per cui valga la pena di litigare, no?»

«Penso di no...» ha borbottato Cass.

«Proviamo di nuovo la canzone dei Kinks» ha proposto Alice. «Bex, vai!»

Ho battuto le bacchette, ho gridato: «Uno, due, tre,

quattro!» e tutte e tre abbiamo attaccato a suonare. Quando si picchia duro sugli strumenti non c'è stress o incavolatura che tenga. Alla fine ci sentivamo tutte molto meglio, e a parte qualche errore la prova è andata piuttosto bene.

«Sai che ti dico?» ha detto Cass mentre salivamo sulla macchina di sua madre. «In fondo una possibilità di non renderci ridicole ce l'abbiamo».

Forse non ha tutti i torti.

LUNEDÌ

Come mai quando succede qualcosa di positivo (tipo trovare il vestito per il concerto o fare una buona prova) c'è sempre qualcos'altro che va da schifo? Secondo Alice è così che funziona il mondo e dobbiamo imparare ad accettare le cose belle e quelle brutte. Oggi, però, non ero in vena di stare a sentire le sue perle di saggezza hippy. Come temevo, qualcuno a scuola ha letto l'intervista e Karen Rodgers e Vanessa Finn stanno approfittando alla grande della situazione. Karen è la peggiore. Se ne va in giro dicendo assurdità, tipo che siamo amiche e che insieme ce la spassiamo un mondo, ma sanno tutti che la sua è solo cattiveria.

«Non vedo l'ora che arrivi sabato. Per il concerto delle Wildfire» ha annunciato. «E così, Rebecca, tua madre ha raccontato a quella rivista che per lei sei una fonte di ispirazione. Lo sapevo che stava scrivendo qualcosa su di te».

L'ho ignorata, e così Alice e Cass. Qualcuno, però, si è intromesso per difendermi. Vanessa Finn, purtroppo.

«Sei solo invidiosa» ha detto a Karen. E fin lì tutto bene. Poi, però, ha aggiunto: «Ho visto le foto di tua madre, Rebecca. Hai una casa favolosa! Pensavo che vivessi in una di quelle minuscole topaie vicino a Calderwood Road, ma evidentemente mi sbagliavo. Fantastico! E i dolci, poi... Sai, alla mia festa ci saranno miriadi di tortine».

«Quella non è casa nostra» ho precisato. «È un hotel».

«Oh».

«E per tua informazione io vivo proprio in una di quelle minuscole topaie vicino a Calderwood Road».

«Oh... beh... che importa. A proposito, tua madre aveva un aspetto meraviglioso».

«Mmm... grazie».

«Allora, che mi dici di questo concerto di sabato? Ne parlano tutti!»

«È soltanto la Battaglia delle band. Per under 18, niente di speciale».

«Ah sì? Sembra una cosa pazzesca, invece. Al Knitting Factory, giusto?»

«Sì, ma...»

«Forte! E sai già a che ora suonerete?»

«No. Inizia alle tre, ma quando toccherà a noi lo scopriremo soltanto lì. Però...»

«Strepitoso. Ci si vede, ok?»

E se n'è andata.

«Certo che è proprio strana» ha commentato Cass. «Secondo voi sabato verrà?»

«E perché no? Sembra proprio che verranno tutti» ho risposto. «Scommetto che si divertiranno un sacco a prenderci in giro».

«Dài, smettila» mi ha rimproverata Alice. «Adesso sei un po' paranoica, ma la gente verrà per incoraggiarci, lo sai vero?»

«Karen no».

«E chi se ne frega di Karen! Fa sempre la snob e non la sopporta nessuno. Tu invece piaci praticamente a tutti».

«O se non altro non stai antipatica» ha puntualizzato Cass.

«Grazie tante, Cass».

«E comunque» ha continuato Alice «la gente verrà perché ci trova tutte simpatiche, più o meno, e vuole vedere la band».

Certo, meglio che venire per riderci dietro. E anche se il pensiero di tutta la gente che parteciperà ci mette addosso un bel po' di pressione, per noi magari è un bene. Se non fosse stato per la Battaglia delle band, FORSE non mi sarei esercitata così tanto con la batteria come ho fatto ultimamente. In effetti la Battaglia mi ha dato un obiettivo da raggiungere. E adesso so suonare. Beh, più o meno.

E invece no, io SO suonare!

MARTEDÌ

Non faccio che pensare alla band e a tutto quello che la riguarda. Morale della favola: non c'è verso di concentrarmi a scuola. Oggi Mrs O'Reilly (no, nessun legame con la mia nemesi letteraria Ruthie) mi ha interrogato per una decina di minuti su non so quale esploratore del passato. E io non l'ho proprio sentita! Ero troppo impegnata a fissare la finestra e a decidere se con il vestito avrei messo anche i leggings oppure no.

«Non so che cosa le sia successo, Miss Rafferty» ha detto la prof, «ma in questo periodo è decisamente peggiorata».

Niente da obiettare (e anche se l'avessi fatto non mi sarebbe stata certo a sentire), purtroppo è vero. Già normalmente non sono una che passa ore e ore sui libri. Nelle ultime settimane, poi, avevo proprio la testa da un'altra parte e ho trascurato lo studio. Del resto, come si può pretendere che mi concentri su antichi esploratori e verbi tedeschi se fra quattro giorni dovrò salire su un palco e suonare di fronte a centinaia di sconosciuti COMPRESA tutta la mia classe?

E se la Battaglia delle band non fosse già abbastanza nei miei pensieri, Mrs Harrington non so come è venuta a saperlo (MA COME HA FATTO? Karen non può averglielo detto, no? Forse la prof sta spiando davvero la mamma, o addirittura TUTTA la mia famiglia) e adesso ci sfinisce con i suoi commenti *spassosissimi*.

«Ecco a chi si è ispirata tua madre per le Wildfire!» ha esclamato con un sorrisetto affettato.

«Veramente la nostra band è completamente diversa. Noi scriviamo i pezzi che suoniamo». Che non è proprio una bugia, perché siamo state noi a scrivere una delle nostre canzoni. Peccato che ne conosciamo soltanto due!

Mrs Harrington, però, sembrava non darmi retta.

«Spero che all'interno della band non ci siano rivalità. Ricordate quello che succede a Ruthie e alle Wildfire?»

E come potrei dimenticarmelo? Quelle stordite ormai sono piombate nella mia vita senza darmi tregua. Chi l'avrebbe mai immaginato? Mi mancano le malefiche ballerine irlandesi dei libri della mamma!

MERCOLEDÌ

Oggi i miei genitori hanno annunciato di voler venire anche loro alla Battaglia delle band. Col cavolo, non glielo permetterò mai!

«Dài, Bex» ha insistito mio padre. «È il primo concerto della nostra bambina! È logico che non vogliamo perdercelo».

«Scordatevelo!» sono sbottata. «Sareste i più vecchi, e di almeno cinquant'anni».

«Non credo proprio, visto che ho soltanto trentadue anni più di te».

«Non far finta di non capire» ho insistito. «E poi mi hai appena chiamata *bambina*. Basta e avanza per dimostrare che non potete assolutamente venire. Mi fareste fare una figuraccia! L'ennesima, in questo periodo».

«Ma vogliamo solo fare il tifo per te» è intervenuta la mamma con aria piuttosto triste.

«Madre, apprezzo il tuo sostegno, davvero. Ma ci saranno tutte le mie compagne e ultimamente mi hanno già dato abbastanza addosso per la storia del libro. L'ultima cosa che mi ci vuole è che ti presenti lì in carne e ossa».

«Ma non saprebbero nemmeno che siamo i tuoi genitori» ha insistito. «Potremmo essere i genitori di chiunque. E scommetto che non saremmo gli unici».

«Prima di tutto, sono convinta che i genitori degli altri avranno il buonsenso di non presentarsi. E poi a scuola ti conoscono tutte perché ti hanno vista sui giornali o su quelle stupide riviste a rimpinzarti di dolci».

«Oh» ha sospirato, «forse hai ragione. Pazienza...»

Mi sono sentita un po' in colpa. «E poi non sarà mica l'unica occasione». Almeno spero. «Ci saranno un sacco di concerti. È solo questione di tempo, prima o poi riuscirete a vederci suonare».

Papà e mamma si sono scambiati un sorriso.

«E va bene... Stavolta non ti metteremo in imbarazzo. Tu e le altre avete bisogno di un passaggio fino al locale?»

«Ohhh, sì. Grazie» ho risposto. La mamma ci può essere ancora utile. In fondo non è poi così male.

GIOVEDÌ

Ultima prova prima della gara. In realtà non facciamo proprio pena. Anzi, quando riusciamo a suonare un pezzo senza fare errori siamo davvero brave. Peccato che non succeda sempre. Comunque sono molto migliorata, riesco a suonare guardando il pubblico (per ora solo immaginario).

Abbiamo ripetuto le due canzoni milioni di volte, tanto che dopo un po' avevo la voce rauca. Per fortuna la mamma di Alice è gentilissima (molto più della mia) e ci ha portato una limonata col miele.

«La parte cantata è a posto» ha commentato Alice. E ha ragione, quando cantiamo insieme siamo proprio forti. La canzone dei Kinks sembra un pezzo nuovo, la nostra invece è... bella!

Ho il terrore di essere troppo ottimista per paura che porti sfiga. Ogni tanto, però, mi concedo di fantasticare su come POTREBBE andare la serata. E immagino noi tre sul palco, splendide e sicure, che suoniamo alla grande davanti a una folla impazzita. Ovviamente nella mia fantasia non ho bisogno di guardare sempre la batteria, così posso tenere gli occhi fissi sul pubblico. E poi sono molto elegante e ho i capelli sempre a posto e riesco a lanciare in aria le bacchette e ad afferrarle senza mai perdere il ritmo. Questa forse è la cosa più improbabile. Ma come fanno i veri batteristi?! Quando ci provo non riesco ad afferrarne nemmeno una, figuriamoci non perdere il ritmo. Ormai non ci provo nemmeno più, perché l'ultima volta per poco non mi cavavo un occhio. E non voglio certo rischiare di diventare cieca per colpa di un trucchetto con le bacchette!

VENERDÌ

Agitatissima per domani. Di concentrarmi durante le lezioni non se ne parla nemmeno. Come vorrei che a scuola non lo sapesse nessuno. A quanto pare verrà tutta la classe. Perfino Karen Rodgers, non so per quale inspiegabile motivo.

«Non vedo l'ora che arrivi domani per vedere te e le Wildfire» ha annunciato a pranzo. «Mi divertirò da morire!»

L'ho ignorata, segno di come la sofferenza mi abbia fatto maturare. Voglio dire, non ho aperto bocca, solo una piccola smorfia...

Cass si sforza di trovare un lato positivo nel fatto che la nostra classe sarà presente al completo. «Se andrà tutto bene, almeno lo vedranno con i loro occhi e magari la smetteranno di tirare in ballo il libro di tua madre».

«Ma non siete nervose?» ha domandato Alice. «Io sì. Ogni volta che penso che il concerto è domani, lo stomaco mi va sottosopra. È tremendo».

«Anche a me» ho detto. «E a te, Cass?»

«Boh. Adesso non mi sembra più così terribile. Vabbè,

non saremo dei fenomeni, ma che volete che succeda… che cadiamo giù dal palco?»

Alice e io ci siamo guardate.

«Cass, ti senti bene?» le ha domandato Alice. «Sei stranamente calma».

Cass sembrava un po' sorpresa. «Sì, credo di sì. Certo, sono emozionatissima, ma adesso che ci siamo quasi non ho più paura come prima».

L'insolita serenità di Cass ha avuto un effetto calmante anche su me e Alice. Mi auguro solo che la tranquillità di oggi non significhi che domani darà i numeri. Magari sarà pacata e ragionevole finché non saliremo sul palco e poi… si farà la pipì addosso per la paura. Aiuto!

Ecco, adesso sono ancora più nervosa di prima. E sapere che domani ci sarà anche Paperboy non mi aiuta per niente. Stasera ho rischiato di rompermi una gamba per correre ad aprire quando ha suonato. Rachel ha accennato uno scatto, ma l'ha fatto solo per farmi correre più in fretta. Mentre aprivo ho sentito la sua risata da psicopatica.

«Ciao!» l'ho salutato.

Paperboy sembrava un po' sorpreso, forse perché avevo aperto con l'aria sconvolta di chi scappa da un serial killer.

«Ehi. Non vedi l'ora di fare scintille con la tua batteria, vero?»

«In un certo senso» ho risposto. «Siamo tutte molto…

elettriche e potremmo davvero dar fuoco a qualcosa. Di sicuro combineremo qualche danno, tipo far cadere un riflettore».

«Ah, non ti preoccupare, andrete alla grande. E poi saranno tutti nervosi. Il mio amico Johnny continua a ripetere che non ce la farà mai».

«Davvero?». Sapere che non eravamo le uniche a dare di matto mi confortava un sacco.

«Sì. Ha questi incubi in cui sale sul palco e si rende conto di aver lasciato gli strumenti a casa, allora lui e la sua band sono costretti a fare un assurdo balletto per rimediare».

«Mmm... beh, se anche dovessimo lasciare tutto a casa, il balletto se lo possono scordare. Sarebbe come darla vinta a una scema che è in classe con me».

Sembrava confuso. «Perché, non le piace come balli?»

Avrei fatto meglio a starmene zitta, ma a quel punto non mi rimaneva che raccontargli di Ruthie e del suo orribile gruppetto di amiche.

«Ecco perché non ballerò mai. Karen Rodgers se ne approfitterebbe subito e me lo farebbe pesare per chissà quanto».

«Capito» ha commentato. «E comunque tranquilla, di sicuro non vi dimenticherete niente».

«Veramente io non devo nemmeno portare la batteria, ce la mettono a disposizione loro, come a tutte le altre band. Dovrò ricordarmi soltanto le bacchette».

«E se per caso te le dimenticassi e il batterista di Johnny invece le avesse, stai tranquilla, chiederei a lui di prestartele».

«Oh, grazie. Quindi...». L'ansia per la gara mi ha fatto dimenticare quella per Paperboy. A quanto pare non riesco a essere nervosa per due cose contemporaneamente. Mah. «Quindi verrai?»

«Certo! Sto già preparando striscioni, bandiere, magliette e tutto il resto».

«Davvero?»

«Ma no, scherzo. Però sarò lì a fare casino».

Mi ha sorriso. E io ho ricambiato. Spero solo di non aver avuto un'espressione troppo stralunata. L'altro giorno, mentre parlavo al telefono con Cass, mi sono intravista nello specchio dell'ingresso. Sorridevo e avevo l'aria sconvolta. Quando ho riagganciato ho fatto varie prove per capire se riuscivo a sorridere e allo stesso tempo ad avere un'aria normale. Niente da fare, avevo un'espressione sempre più stravolta. Nelle riviste dicono sempre che quando si sorride si è più belli, ma nel mio caso non credo proprio che sia vero. Non penso di avere una faccia molto simmetrica.

Comunque ho dovuto smettere di sorridere a Paperboy (meglio così, vista la faccia particolare che mi ritrovo!) perché papà mi ha chiamata dalla cucina. «Rebecca? È il ragazzo dei giornali? Ti servono i soldi?»

«Sì» ho urlato. «Torno fra un secondo» ho detto a

Paperboy. E mi sono precipitata a prendere i soldi per evitare che venisse papà a portarmeli. Altrimenti ci avrebbe chiesto di che cosa stavamo parlando e avrebbe fatto un sacco di *divertentissime* battute-in-stile-papà, per far vedere quant'è figo e alla moda. Ma dopo le umiliazioni degli ultimi tempi non darò più ai miei genitori occasioni per mettermi in imbarazzo.

Mentre davo i soldi a Paperboy gli ho detto: «Allora ci vediamo domani?»

«Ci puoi scommettere, non vedo l'ora. In bocca al lupo!»

E se n'è andato. Ho chiamato subito Cass per commentare quello che aveva detto Paperboy.

«Secondo te non vede l'ora di sentir suonare noi o semplicemente di venire alla serata?» le ho chiesto.

«Io dico che un po' di curiosità di vederci suonare ce l'ha, altrimenti perché l'avrebbe detto?»

«Sai, mi piace da morire» ho confessato. Poi sono rimasta in silenzio. «E a te...?». All'inizio sembrava che Paperboy piacesse anche a Cass. E il fatto che lei non lo veda da quella prima volta non significa niente, ma sarebbe strano se avessimo tutt'e due una cotta per lui. A quanto pare per fortuna non è così.

«Ma no» ha risposto, «davvero. Certo, non si può negare che sia davvero uno schianto, ma quando mi hai raccontato della sua ragazza...»

«Ex ragazza» ho precisato subito.

«Giusto, ex ragazza... non ho provato niente. Tu eri

distrutta, io no. Quindi non credo proprio che sia l'amore della mia vita, o qualcosa del genere».

Meno male! Non vorrei mai che un ragazzo si intromettesse tra me e Cass. E non soltanto perché diventeremmo come Ruthie e le sue cosiddette amiche. Non so se piaccio a Paperboy, e forse la risposta è no (anche se a volte ho la vaga impressione del contrario), ma l'idea di litigare con Cass è comunque insopportabile. Sarebbe sbagliato. Lei, Alice e io siamo una squadra, e non solo perché facciamo parte della stessa band (anche se suonare insieme riesce a farci sentire ancora più unite).

Comunque Cass e io abbiamo deciso di andare a letto presto. Dobbiamo essere belle e riposate per il nostro debutto di domani. Beh, almeno riposate.

PIÙ TARDI

Non riesco a dormire! Me ne sto sdraiata a pensare a cosa potrebbe andare storto domani. Per distrarmi provo a immaginare che effetto farebbe essere intervistate da una di quelle sofisticate riviste di musica che compra papà.

È difficile credere che sia trascorsa soltanto qualche settimana da quando le Hey Dollface, il trio indie di Dublino, si sono riunite nel loro studio nella zona nord della città. Rebecca Rafferty, Cassandra McDermott e Alice Sheridan suonano già come consumate professioniste. Elegantissima nel suo abito trendy e con capelli lucenti e vaporosi che brillano a ogni rullata, eseguita perfettamente a tempo, la Rafferty dimostra di avere tutte le qualità per diventare una vera star. Il suo stile virtuoso e ricercato farebbe sfigurare anche i musicisti più esperti. «Il mio senso del ritmo? Semplicemente un dono naturale» dichiara la splendida batterista lanciando in aria le bacchette a metà battuta.

È solo questione di tempo e tutto questo si avvererà, no?

Ok… inizio a sentire la stanchezza. Spero soltanto di riuscire a dormire un po'. Domani a quest'ora sarà tutto finito.

SABATO

Oggi è stata… è stata una delle giornate più strane e più incredibili di tutta la mia vita. Cominciamo dall'inizio. Che credo sia stamattina. Dato che non riuscivo a concentrarmi su niente continuavo a vagare senza meta per casa e a giocherellare con le bacchette. Un comportamento del tutto innocuo, ma che ha dato sui nervi a Rachel.

«E basta! Vuoi startene un po' seduta?» si è lamentata. «A furia di girovagare come un'anima in pena mi stai facendo impazzire».

«Sono troppo agitata per stare seduta» le ho spiegato. «Alice si fa accompagnare qui da sua madre e poi passiamo a prendere Cass. Non ho niente da fare, a parte aspettare».

Rachel ha sospirato. «E va bene. Che ne dici di dare una sistematina al tuo look? E al trucco? Devi andar via tra mezz'ora, si sta facendo tardi. Non hai fatto niente tutta la mattinata».

«Non voglio riempirmi di trucco, altrimenti finirò per assomigliare a Ruthie. O a Vanessa. E comunque non mi trucco mai molto». Sono rimasta per un attimo in silenzio. «Anzi, nemmeno ce li ho tutti questi trucchi».

«Non ti preoccupare, non ti concerò come un pagliaccio». Mi ha rivolto un sorriso perfido. «Forse...»

«Piantala» le ho detto. «Sono già abbastanza nervosa. Ci manchi solo tu che mi prendi in giro. Non sei per niente divertente».

«Dài. Sto scherzando! Forza, fammi vedere di nuovo come ti sta il vestito».

Sono andata di sopra a provarlo. Rachel aveva un'aria molto seria. «Mmm... carino... davvero molto carino. Però mettiti i leggings. E per i capelli...»

Mi ha torturata per un po' armeggiando con spazzola, mollette e gel anticrespo. E alla fine ha fatto un sospiro.

«Purtroppo sono sempre capelli un po' particolari» ha commentato, «ma direi che il risultato è accettabile».

Mi sono guardata allo specchio. Erano ribelli come al solito, ma sembravano molto più lucidi e ordinati.

«Oh, grazie!» ho esclamato.

«E ora passiamo al trucco».

Mi ha fatto chiudere gli occhi per non farmi scoprire il nascondiglio segreto della sua trousse e si è messa a pasticciare con l'eyeliner, un ombretto cremoso grigio fumo che si chiama Skinny Jeans e un mascara superchic effetto ciglia finte. Ogni tanto mi lamentavo. «Ahi! Così mi cavi un occhio!»

Quando finalmente quella tortura è finita, mi ha guardata pensierosa. «Mmm… non male. E comunque dovrà andar bene lo stesso. L'importante è che non piangi e non ti stropicci gli occhi. Altrimenti combinerai un macello».

«Spero proprio di non avere nessun motivo per piangere» ho risposto nervosa. Poi mi sono guardata allo specchio. Lo ammetto, Rachel aveva fatto un ottimo lavoro. Gli occhi sembravano enormi e le ciglia lunghe più di due centimetri.

«Manca solo un velo di lucidalabbra trasparente». Ha sospirato. «E va bene, tieni, prendi questo di Laura Mercier…»

«Grazie, Rachel».

«Di niente. Ora che la nostra famiglia è sotto gli occhi di tutti, bisogna apparire al meglio per rimediare alle follie della mamma».

«Rebecca!». Era la mamma che mi chiamava dal piano di sotto. «C'è Alice! Sei pronta? Dobbiamo andare!»

«Ci vediamo dopo» ha detto Rachel. «In bocca al lupo!»

E sono uscita. Alice aveva portato la chitarra e la tastiera e stava d'incanto, con i capelli che mostravano più che mai le sue origini tedesche e il bel viso luminoso.

«T'immagini se andassimo in giro sempre così in tiro?» le ho domandato.

«Troppo impegnativo» ha risposto. «Se pensassimo soltanto a vestiti e trucco perfetto non troveremmo il tempo per provare con la band».

«Vero» ho ammesso. Nel frattempo eravamo arrivate da Cass e sono corsa a chiamarla. Mi ha aperto suo fratello Nick.

«C'è Cass?» ho domandato.

«No» mi ha risposto Nick.

«Che cosa?!» ho strillato. Aveva avuto un attacco di panico ed era scappata? Lo sapevo! Era stata stranamente calma tutta la settimana e adesso…

«È stata rapita dagli alieni. E al suo posto hanno lasciato una sconosciuta con una maschera di trucco».

«Oh, smettila Nick» l'ha zittito Cass. Anche lei era bellissima e non era vero che aveva una maschera di trucco. Forse a Nick anche una semplice spolverata di ombretto e fard sembrerebbe eccessiva. Cass non si trucca quasi mai gli occhi (è convinta che dietro gli occhiali l'ombretto non si veda, invece si vede eccome, e le sta anche bene) e credo che sua madre non abbia neanche un mascara. A proposito di sua madre, è venuta ad augurarci in bocca al lupo.

«Sono fiera di voi» ci ha detto. «Tuo padre e io vorremmo tanto venire, Cass».

«La prossima volta» ha risposto lei. «Dài, Bex, andiamo».

Abbiamo salutato la madre di Cass, ignorato Nick e ci siamo dirette verso la macchina.

«Allora» ha iniziato la mamma. «Prima di andare, siete sicure di aver preso tutto? Strumenti, bacchette...»

Eravamo sicure.

«Perfetto. Andiamo».

«E tu sei proprio sicura di volerci accompagnare?» le ho domandato in tono altezzoso. «Non vorrei che ti dispiacesse fare qualcosa che mi semplifichi la vita... per una volta».

Ha alzato gli occhi al cielo ed è ripartita.

Siamo arrivate in città praticamente in due secondi. La mamma ci ha lasciate davanti al locale.

«In bocca al lupo, ragazze. Sei sicura al cento per cento che non vuoi che tuo padre e io veniamo?»

«Sì!» ho esclamato. «Ehm, comunque grazie mille per il passaggio».

«Di niente. Ci vediamo qui fuori alle sei, va bene? Se dovessero esserci problemi, fai uno squillo a me o a papà».

Eccoci qui: il nostro primo concerto. Ci siamo guardate, abbiamo fatto un respiro profondo e ci siamo incamminate verso il locale. Cass e io portavamo la tastiera. All'ingresso c'era un ragazzo che spuntava nomi da una lista.

«Come vi chiamate?» ci ha chiesto.

«Hey Dollface» ha risposto Alice.

Lui ha sorriso e ha sbarrato qualcosa sul foglio. «Bel nome. Siete solo voi tre, vero?»

Abbiamo annuito.

«Ottimo. A posto. In bocca al lupo!»

All'interno c'era una marea di gente. Sessanta, settanta persone direi. Soprattutto ragazzi.

«Wow» ha sussurrato Alice con una punta di nervosismo. «Credo di non essere mai stata in un posto con così tanti ragazzi e praticamente nessuna ragazza».

«Io sì» ha detto Cass. «Quando i miei mi costringono ad andare a quelle stupide partite di calcio di mio fratello». Si è zittita un istante. «Ma non credo che conti, perché lì hanno dieci anni».

Si aggiravano tutti per il locale con aria un po' incerta. Molti avevano tirato fuori le chitarre dalle custodie e strimpellavano piano. Per fortuna non eravamo le uniche ragazze. Ce n'erano altre due più o meno della nostra età con chitarra e basso e altre senza strumenti che (abbiamo scoperto dopo) erano cantanti. Ma eravamo comunque in minoranza, perciò alla fine ci siamo ritrovate a cercarci con lo sguardo e a sorriderci tra la folla.

Tutt'a un tratto Alice ha esclamato: «Oh mio Dio!»

«Che c'è?» abbiamo domandato Cass e io a voce molto alta.

«Shhh!» ha sussurrato lei. «Non indovinerete mai chi c'è. Laggiù. No, non indicate! A destra, vicino al bar».

Abbiamo seguito il suo sguardo e per la sorpresa siamo rimaste senza fiato.

«Bikeboy!» ho esclamato.

«Shhh!» ha ripetuto Alice.

«Ma dài, è dall'altra parte della sala e poi c'è una tale confusione. Non mi sentirà mai».

«Potrebbe vederci e capire che stiamo parlando di lui» ha precisato Alice. «Come mai è qui?»

«Ha un basso» ha notato Cass. «Oh oh. Sta guardando da questa parte!»

«Smettetela di fissarlo!» ha esclamato Alice.

«Credo che ci abbia viste» ho detto.

«Zitta!» mi ha ripresa Alice spostandosi lentamente dietro di me.

«Alice, se non vuoi che ti noti smettila di comportarti in modo così strano» l'ha rimproverata Cass. «Se continui a sussurrare e a cercare di nasconderti non passi certo inosservata».

A quel punto sul palco è salita una donna con una cartellina in mano. Era piuttosto vecchia, sui trent'anni credo, ma era vestita alla moda e sembrava simpatica e gentile. Ha preso un microfono da un'asta.

«Ciao a tutti» ha iniziato, «e benvenuti alla Battaglia delle band! Sono Veronica, uno degli organizzatori, e questo pomeriggio mi occuperò della vostra prova audio. Per molti di voi questo è il primo concerto, quindi... in bocca al lupo. So che siete tutti bravissimi. Allora, ognuno di voi avrà tempo per un soundcheck veloce, diciamo metà canzone. Solo per essere sicuri che noi vi sentiamo dal pubblico e che voi vi sentiate sul palco. Se durante la prova qualcosa non vi dovesse sembrare a posto, ditecelo e ce ne occuperemo. È tutto piuttosto semplice. La maggior parte di voi usa uno o due microfoni, ma dalle informazioni che ci avete dato al momento dell'iscrizione sappiamo che a qualcuno ne serviranno tre. Inizieremo proprio da loro». Cass, Alice e io ci siamo guardate terrorizzate. Noi ne usiamo tre! «Quando chiamo il nome della vostra band, salite sul palco». Ha guardato la cartellina. «Allora, i primi sono i... Retreat».

Quattro ragazzi magrissimi sono saliti sul palco, con l'aria di chi non è molto contento di suonare per primo. E come dargli torto! Io ero troppo felice che non fosse toccato a noi. Sul palco c'erano un mucchio di amplificatori e al centro verso il fondo, sistemata su una pedana, la batteria. Faceva un certo effetto per quanto era imponente. I Retreat hanno detto qualcosa a Veronica che, aiutata dal tizio che stava all'ingresso, ha cambiato posto alle aste di alcuni microfoni. Poi è saltata giù dal palco e si è diretta verso il mixer al lato opposto del locale.

«Forza, ragazzi! Cominciate!»

«E se sono dei mostri di bravura?» ha sussurrato Cass.

«Scappiamo» ha risposto Alice.

Quando hanno iniziato a suonare, però, ho notato con sollievo che non erano poi questi gran fenomeni. Nemmeno delle schiappe, è chiaro. Insomma, discreti. Anche se in realtà la loro esibizione è durata molto poco. Dopo un minuto dagli amplificatori è risuonata la voce di Veronica.

«Splendido, ragazzi. Che mi dite? Riuscivate a sentirvi?»

Uno dei ragazzi della band le ha chiesto di aumentare un po' il volume. Veronica ha smanettato al mixer e gli ha chiesto di riprovare. Lui ha suonato qualche nota e ha detto che era tutto a posto.

«Fantastico!» ha commentato Veronica. «Grazie a tutti. Adesso tocca a... Hey Dollface».

Mi è sembrato di metterci cinque anni per raggiungere il palco, anche perché aiutavo Cass a portare la tastiera che di colpo sembrava cinque volte più pesante del solito. Non ho potuto resistere alla tentazione di lanciare un'occhiata a Bikeboy per capire se ci avesse viste. E a giudicare dalla sua espressione sorpresa... beh, direi proprio di sì. Ci siamo arrampicate su per le scale e abbiamo sistemato la tastiera sul cavalletto, facendo finta che non ci fosse tutta quella gente a guardarci. Il ragazzo che era all'ingresso si è avvicinato e ci ha sorriso.

«Ciao, io sono Paul. Avete bisogno tutte e tre di un microfono, giusto?»

Abbiamo annuito, credo troppo spaventate per parlare.

«Okay. Chi è la batterista?»

«Io» ho risposto con un filo di voce.

«Benissimo. Siediti dietro la batteria che sistemo il microfono». E così sono salita sulla pedana. L'idea di potermi nascondere in fondo al palco mi aveva dato un po' di coraggio. Ma non avevo fatto i conti con quella pedana così alta, sulla quale mi sentivo davvero molto in vista.

Sembrava che tutti avessero gli occhi puntati su di me, e forse un po' era vero. Paul ha spostato alcuni microfoni e ha regolato l'altezza delle aste.

«Perfetto» ha commentato. «Così dovrebbe andar bene. Si comincia!»

«Che canzone facciamo?» ha sussurrato Alice mentre accordava la chitarra. Era terrorizzata.

«Quella dei Kinks» ha risposto Cass. «È più facile».

Ci siamo scambiate dei cenni con la testa. Ero così nervosa che temevo che le mani avrebbero cominciato a tremarmi. Poi ho battuto le bacchette, ho gridato: «Uno, due, tre, quattro!» e ho picchiato sul tom-tom.

Il risultato non è stato eccezionale, ma tutto sommato decente. All'inizio mi faceva una strana impressione suonare una batteria che non era la mia E ANCHE cantare in un microfono, ma in realtà non è che cambiasse poi molto. Quando abbiamo iniziato a cantare avevo paura che non sarei riuscita a sentire le altre. E in effetti sentivo perfettamente la voce di Alice, ma non potevo dire lo stesso per Cass. Dopo quella che è sembrata una frazione di secondo, Veronica ci ha interrotte.

«A posto, ragazze» ha detto. «Riuscivate a sentirvi?»

Anche se non sopportavo l'idea di parlare al microfono davanti a tutta quella gente, sapevo che il mio audio doveva essere perfetto.

«Ehm... potrei sentire un po' di più la voce di Cass? La tastierista» ho chiesto.

«E io quella di Rebecca?» ha chiesto Alice. «La batterista».

«Certo» ha risposto Veronica. Ha armeggiato con il mixer. «Riprovate adesso».

Questa volta riuscivo a sentire chiaramente sia Alice che Cass, e anche lei non era niente male.

«Va bene?» ha domandato Veronica. Ci siamo guardate e abbiamo annuito di nuovo. Mi sa che stiamo sviluppando una forma di telepatia. Alla fine non avremo più bisogno di parlare fra di noi.

«Sì» ha risposto Cass.

«Stupendo. Okaaay… andiamo avanti. Adesso tocca ai Tools».

Abbiamo recuperato le nostre cose e siamo scese dal palco il più in fretta possibile.

«Non è andata male» ha commentato Cass.

«Credo di no» ha confermato Alice. «Ma pensa quando dovremo suonare le canzoni complete davanti a un mucchio di persone. Comprese quelle che conosciamo».

«Come Paperboy» ho aggiunto.

«E Bikeboy» ha detto Cass.

«Dove? Dove?» ha chiesto Alice.

«È ancora laggiù, vicino al bar» ho risposto. «O-oh, credo che ci stia guardando. Eh sì!»

«Dài, troviamo un posto dove sederci» ha proposto Alice.

«Oh, Alice. Sei rossa come un peperone» ha detto Cass.

«Piantala!» l'ha zittita Alice allontanandosi in fretta. Ci siamo sedute a un tavolo laterale. La band successiva non era niente di che. Anche questa era composta da quattro ragazzi, il cantante solista se ne andava in giro per il palco con aria spavalda, quasi fosse la superstar di un festival prestigioso e non come se stesse facendo la prova audio in un concertino qualsiasi. Ho sperato che non fossero gli amici di Paperboy. Poi è stata la volta di un duo senza troppe pretese e anche un po' noioso. E subito dopo è toccato ai Bad Monkey, tre ragazze e un batterista. Le ragazze erano una vera forza, la cantante solista era fighissima con una stupenda chitarra elettrica turchese e un fantastico taglio di capelli corto scalato. E poi erano davvero brave, molto più di tutti quelli che si erano esibiti prima (comprese noi).

«Ecco fatto, non vinceremo mai» ha sentenziato Cass. «Sono i migliori».

«Smettila, Cass» l'ha rimproverata Alice. «Spaccheremo!»

Siamo rimaste sedute un'eternità a sorbirci pezzi di canzoni. Una noia mortale. Mi sembra di capire che far parte di una band non è sempre così divertente ed esaltante. A volte si passa il tempo a gironzolare in grandi stanze dove l'aria è viziata e il caldo soffocante in attesa che altri finiscano quello che stanno facendo.

«Qualcuno sta uscendo» ho detto indicando i Retreat che si dirigevano verso l'ingresso principale, mentre un'altra band che aveva già suonato rientrava con in mano sandwich e lattine di Coca-Cola. «Andiamo a prendere una boccata d'aria, e anche un po' di cioccolato. Tanto abbiamo un sacco di tempo... il concerto inizia fra mezz'ora».

«Voi andate pure» ha risposto Alice. «Io rimango qui a tenere d'occhio gli strumenti».

«Sei sicura?» le ha domandato Cass.

Alice ha risposto di sì, così Cass e io abbiamo preso i giubbotti e ci siamo dirette fuori. Quando siamo passate accanto a Bikeboy lui ci ha salutate con un cenno della mano. Io ho più o meno ricambiato il saluto, poi mi sono girata verso Cass.

«Bikeboy! Ecco perché non è voluta venire, la sua band non ha ancora suonato».

«È vero, non ha ancora suonato» ha ripetuto Cass. «Tu che vuoi fare? Io vorrei sentirli, ma ho troppa voglia di cioccolato».

«Li sentiremo più tardi. Dài, andiamo».

È stato piacevole uscire dal buio opprimente del Knitting Factory. Abbiamo preso dei sandwich e qualche barretta di cioccolato e siamo tornate con calma verso il locale, godendoci il sole.

«All'inizio del trimestre avresti mai immaginato che dopo qualche mese saremmo state alle prese con i preparativi del nostro primo concerto?» mi ha domandato Cass.

«Mai» ho risposto. Ho lanciato in aria il sacchetto dei sandwich e l'ho ripreso al volo.

«Sai, mi dispiace se all'inizio non ho mostrato neanche un po' di entusiasmo per la band. Ma avevo paura che avremmo fatto schifo. Sarebbe stato umiliante. E invece mi sbagliavo».

«Ma anche se un po' facessimo schifo, e non è vero, sarebbe divertente lo stesso, no?»

«Può darsi» ha risposto Cass. «Dài, muoviamoci. Non penso che Alice voglia rimanere a guardare Bikeboy da sola tutto questo tempo».

Così siamo tornate in fretta al locale. Appena entrate abbiamo dato un'occhiata al palco. Bikeboy suonava il basso e cantava in modo piuttosto teatrale e cupo. Ci siamo fatte spazio tra la gente per raggiungere Alice, che guardava l'esibizione con una strana espressione.

«Stai bene?» le ho domandato. «Ti abbiamo preso un sandwich».

«È uno sguardo da innamorata o ti stai chiedendo perché continua a fare quelle facce assurde?» le ha domandato Cass. «E perché canta con quella voce cavernosa così strana?». «Mah...» ha risposto Alice. «Tutt'e due le cose forse... Che sandwich mi avete preso?»

«Uova e bacon» ho risposto. «Com'è la band?».

Bikeboy aveva smesso di suonare il basso e di cantare con quella voce profonda e aveva ringraziato Veronica con la sua voce normale. Il loro soundcheck era terminato.

«In realtà sono abbastanza bravi. Ma lui si comporta come... come se stesse partecipando a uno spettacolo teatrale. Canta come se stesse recitando. A parte questo, però, piuttosto bene, direi. E poi ha un vestito stupendo!»

Abbiamo guardato Bikeboy confuse. In effetti stava molto bene. Ma com'è possibile che un ragazzo della nostra età avesse un vestito come quello?

«Ehi!». Ci siamo girate verso una voce che non abbiamo riconosciuto. Era la cantante solista dei Bad Monkey, che ci sorrideva timidamente. «Volevo soltanto dirvi che è bello che altre ragazze partecipino alla gara. L'anno scorso eravamo le uniche! E siete anche brave».

«Anche voi» ha risposto Cass.

La ragazza si chiama Liz e lei e gli altri componenti della band frequentano una scuola mista nella zona sud di Dublino. È molto simpatica e ci ha detto che durante l'edizione dell'anno scorso erano così terrorizzate che Katie, la bassista, aveva vomitato poco prima di salire sul palco.

«In bagno, ovviamente» ha precisato. «Non sui gradini».

Liz è stata veramente carina. È rimasta a chiacchierare con noi qualche minuto (si è molto sorpresa quando le abbiamo detto che suonavamo insieme da poco più di un mese) finché qualcuno non l'ha chiamata. Era Katie, la bassista. «Scusate, ma dobbiamo controllare un po' di cose».

«Arrivo!» le ha risposto Liz. Si è girata verso di noi. «In bocca al lupo!»

«Crepi! In bocca al lupo anche a voi» le ho detto. E ha raggiunto la sua band. Una delle ragazze teneva in mano una chitarra con aria preoccupata. L'ho sentita dire: «Non tiene l'accordatura...»

«Se dovessimo vincere, spero che loro arrivino seconde» ha detto Cass.

«Se siamo fortunate, succederà il contrario» ho precisato.

Finalmente l'ultima band (non male, tranne un rap orrendo che il cantante ha inserito nel bel mezzo della canzone e che non c'entrava nulla con tutto il resto) ha finito la prova audio e Veronica è salita sul palco.

«Allora, siete stati tutti grandiosi e molto pazienti. Fra un minuto apriremo le porte. Prima però volevo dirvi che abbiamo stampato la scaletta. Così potrete controllare quando toccherà a voi. La trovate laggiù, alla consolle del mixer. In pratica è l'ordine inverso rispetto a quello del soundcheck, quindi se l'avete fatto per primi, suonerete per ultimi e viceversa. La prima band siete proprio voi, Flash Harry, vi esibirete fra una ventina di minuti, d'accordo? In bocca al lupo a tutti!»

«Acc...» ha commentato Cass. «Ci siamo».

Le luci al centro della sala si sono un po' abbassate, mentre quelle sul palco sono aumentate. E anche se il pubblico non era ancora arrivato, l'atmosfera era cambiata. Sembravamo tutti parecchio agitati. La gente ha iniziato ad aggirarsi nei pressi del bar, che nel frattempo aveva aperto (senza vendere alcolici, ovvio) e a bere nervosamente bibite analcoliche. Ho visto un ragazzo tirare fuori di nascosto una lattina di birra dalla borsa, e i primi spettatori cominciavano a entrare un po' per volta.

Mentre la folla aumentava, Cass, Alice e io ce ne siamo rimaste vicino alle nostre cose.

«Aiuto... inizia a riempirsi» ha detto Alice.

«Vorrei soltanto che cominciasse. Odio aspettare senza far niente» ha aggiunto Cass.

«Anch'io» ho ammesso. Poi in mezzo alla folla, vicino all'ingresso, ho notato dei volti familiari. «Ehi, ci sono Ellie ed Emma!». Ho agitato forte la mano e ci hanno raggiunte.

«Wow! Ma guardatele!» ha esclamato Emma. «Sembrate proprio delle rockettare».

«Purtroppo non so se mi sento così rockettara» ha ammesso Cass.

«Beh, l'importante è riuscire a comportarci come se lo fossimo» è intervenuta Alice. Ma che le è preso ultimamente? È sempre così saggia! Poi di colpo si è bloccata: «Bex, non ti girare. È appena entrata Vanessa. Se restiamo immobili, forse non ci vede».

Troppo tardi.

«Rebecca! Ciao!» ha strillato. Ho azzardato una sbirciata in direzione dell'urlo e ho visto che puntava dritta verso di noi con una specie di scorta al seguito. Oltre alla sua amichetta Caroline, infatti, c'erano anche due adulti sulla trentina che, come ha detto Cass, sembravano sconvolti, come se avessero assistito a qualcosa di orribile o di indescrivibile.

«Oh mamma» ha sussurrato Cass. «Chi è quel vecchio, il suo ragazzo?»

«Ma no!» ho risposto. «Altrimenti l'avremmo già saputo». Nel frattempo Vanessa ci ha raggiunte. Indossava un vestitino così striminzito che sembrava le fosse stato dipinto addosso. Al posto dei soliti stivali di pelo portava delle scarpe con un tacco talmente alto che non so come facesse a camminare così veloce. Ed era più truccata di Cass, Alice e me messe insieme.

«Come stai?» ha urlato afferrandomi e baciandomi per finta dalle parti delle guance.

«Bene» ho risposto. «Fra poco dovrò salire sul palco a cantare, quindi...»

Come al solito non ascoltava.

«Robbie, Sarah, questa è la mia amica Rebecca. La ragazza di cui vi stavo parlando».

Robbie ha allungato una mano. L'ho stretta. «Ciao Rebecca, piacere».

«Ciao» ho risposto. «Ehm, dovresti sapere che...»

«E questa è Sarah» mi ha interrotta Vanessa spingendo la donna verso di me.

«Ciao, Rebecca. Vanessa ci ha raccontato tutto di te» ha detto Sarah con un sorriso stanco. «È vero che tua madre è la scrittrice Rosie Carberry?»

«Sì, ma...»

«Bene, ho letto del suo nuovo libro. Sta andando alla grande. Ormai è diventata un nome importante della narrativa per ragazzi. E tu e Vanessa da quando siete amiche?»

«Siamo nella stessa classe dall'anno scorso, cioè dall'inizio delle superiori» ho cominciato a spiegare, «ma in realtà...»

Vanessa si è intromessa. «Non so che cosa farei senza Becca. Siamo come sorelle, vero Becca?»

«Becca?» ha ripetuto Cass.

«E questa è la band di Becca» ha continuato Vanessa. «Suoneranno alla mia festa».

«Ma certo» ha detto Robbie. «Non vediamo l'ora. A quanto pare sarete l'attrazione principale della superfesta di Vanessa».

Cass, Alice e io ci siamo guardate scioccate.

«Siete della tv?» gli ha domandato Alice.

«Sì, i selezionatori del programma» ha risposto Sarah. «Vanessa non ve l'ha detto? Rimaniamo tutto il weekend per parlare con lei della festa. Si preannuncia... spettacolare».

«Questo è poco ma sicuro» ha sottolineato Cass.

«Ho appena affittato una gru rosa» ha annunciato Vanessa con orgoglio. «Mi caleranno nel tendone seduta su un trono».

Robbie ha guardato Sarah. «Devo bere qualcosa. E tu?»

«Assolutamente sì» ha risposto lei. «Vanessa, Caroline, venite. Vi offriamo una Coca. In bocca al lupo, ragazze».

«A dopo Becca!» ha esclamato Vanessa. E si sono allontanati con passo deciso.

Noi siamo rimaste a guardarci.

«Pazzesco... Dopo tutto quello che le ho detto, ha

raccontato ai tizi della tv che sono la sua migliore amica e che suoneremo alla sua festa assurda. Incredibile!»

«Wow, non riesce proprio ad accettare la realtà» è intervenuta Ellie. «E nemmeno quei tipi, se si illudono di trovare qualcosa di alcolico al bar». Si è guardata intorno. «Oh, ciao sorella di Rebecca».

«Ciao amica di Rebecca» ha risposto Rachel. Era con la sua amica Jenny, che ci ha sorriso con aria amichevole. «Chi cavolo è quella?»

«Vanessa Finn» ho risposto sconsolata.

«Ah, la psicopatica» ha commentato Rachel. «Allora, a che ora suonate?»

«Siamo le penultime» ha risposto Cass.

«Bene. Così Jenny e io abbiamo tutto il tempo di prendere qualcosa da bere da qualche altra parte».

«Mi sa di sì» ho detto.

«Non vi preoccupate, però. Non potremmo mai perderci la vostra esibizione. Ci vediamo fra mezz'ora».

«Ci saremo di sicuro» ha aggiunto Jenny. «Scherzi? Ritrovarmi in mezzo a un mucchio di ragazzin… ehm… cioè… di altre band… A dopo!»

Sono rimasta a osservarle mentre se ne andavano.

«Stai tranquilla» ha detto Cass. «Lo sai che tornerà in tempo per l'esibizione».

«Certo che lo so». Ed era vero. Se non avesse voluto vederci non si sarebbe nemmeno scomodata a venire. «Sono solo invidiosa perché può allontanarsi per un po'».

«Ehi, ne arrivano altre» ha notato Alice. «Oh, mamma... in pratica c'è quasi tutta la classe».

Era appena entrato un bel gruppo di nostre compagne. Anne O'Hara, Jessie e (sì, proprio lei) Karen Rodgers. E quasi tutte le altre.

«Che cavolo ci fa qui Karen?» ho domandato. «Non le sto nemmeno simpatica!»

«È a caccia di pettegolezzi» ha sospirato Cass.

«Wow!» ha esclamato Alice. «E chi se l'aspettava che sarebbero state così tante. Eccole che arrivano».

Tutt'a un tratto il pensiero di dover parlare con mille persone contemporaneamente è diventato insopportabile.

«Vado in bagno» ho detto, e sono scappata via. Per fortuna i bagni erano dalla parte opposta rispetto all'ingresso. Una volta dentro mi sono infilata in una delle toilette e ho provato a fare gli esercizi di respirazione che mi ha insegnato Ellie l'anno scorso (sua madre è appassionatissima di respirazione col diaframma, strano eh?). Appena mi sono sentita un po' meglio sono uscita. Ero arrivata a metà della sala quando qualcuno mi ha tamburellato sulla spalla.

«Ehi». Mi sono girata. Era Paperboy. Strafigo. E alto. Oh, mamma... ma quant'è alto?!

«Ehi» ho ripetuto sperando che dalla mia espressione non capisse quanto fossi sbalordita.

«Stai benis... ehm... Pronta per il concerto?» mi ha chiesto.

«Diciamo di sì. È appena arrivata metà della mia classe».

«Sai già quando suonerete?»

«Siamo le penultime» ho risposto. «Non so se sia meglio o peggio. Cioè... non è che abbia tutta questa voglia di suonare per prima, ma ci sarà da aspettare un sacco».

«Credimi, meglio non suonare per primi» si è intromessa una voce che non conoscevo. Accanto a Paperboy c'era il cantante dei Flash Harry, l'ultima band ad aver fatto il soundcheck. Non sembrava troppo in forma. «Ciao, sono Johnny» si è presentato.

«Ciao. Ehm... durante la prova siete andati forte».

«Mah, non lo so... Forse la parte rap non è stata una buona idea».

Avrei potuto dirglielo anch'io, ma me ne sono stata zitta.

«Tranquillo, andrà tutto bene» l'ha incoraggiato Paperboy.

All'improvviso una luce rosa ha illuminato il palco e al centro è comparsa Veronica.

«Inizia!» ho esclamato. «Torno dalle altre...»

«In bocca al lupo» mi ha augurato Paperboy con un sorriso.

«Già» ha detto Johnny, che sembrava stare proprio male. «In bocca al lupo».

«Crepi, anche a te!» ho risposto e sono andata via. Ho raggiunto le altre proprio mentre Veronica prendeva il microfono.

«Ciao a tutti. Mi chiamo Veronica Flaherty. Benvenuti a questa nuova edizione della Battaglia delle band!» ha iniziato tra le urla e gli applausi della folla. «Oggi si esibiranno alcune band di grande talento provenienti da tutta Dublino».

Qualcuno dal pubblico ha gridato: «E da Wicklow!» E qualcun altro: «E dal Meath!»

Veronica ha riso. «Scusate, scusate. Da tutta l'Irlanda. La band vincitrice avrà a disposizione per un weekend lo studio di registrazione del Knitting Factory e un ingegnere del suono per incidere e mixare alcuni brani. I secondi classificati vinceranno invece dei buoni acquisto per il Tower Records. Come vedete, vale davvero la pena di suonare con tutti questi premi! E allora basta con le chiacchiere… È con grande piacere che accolgo la prima band. Forza! Un caloroso benvenuto ai… Flash Harry!». E dal pubblico si è alzato un urlo.

«È l'amico di Paperboy!» ho sussurrato ad Alice, mentre Johnny e i suoi compagni salivano sul palco. Quando la band ha iniziato a suonare, Johnny non aveva un'aria molto felice. Ma il suo umore sembrava migliorare man mano che l'esibizione andava avanti. La band ha suonato piuttosto bene e la parte rappata non è stata poi così disastrosa. Però ho come la sensazione che d'ora in poi nel loro futuro musicale non ci sarà più spazio per l'hip-hop. L'esibizione si è conclusa tra urla e applausi scatenati. Mentre scendevano dal palco e un'altra band iniziava a portare su le proprie cose, le nostre compagne ci hanno circondate. Erano talmente tante che mi sono sorpresa di non vedere anche Mrs Harrington. Anzi, per un attimo di terrore puro mi è perfino venuto il dubbio che ci fosse anche lei. Però no, non c'era. Al contrario di Karen e Alison, purtroppo.

«Allora, Rebecca» ha iniziato Karen con la sua solita voce svenevole. «Non vedo l'ora di sentir suonare la tua patetica girl band. Perlomeno grazie al libro so che cosa mi aspetta».

Proprio in quel momento l'altra band è salita sul palco dandomi il pretesto per non ribattere. Per fortuna. Ero troppo tesa per pensare a una risposta brillante. Siamo rimaste zitte e abbiamo ascoltato per un po' l'esibizione. Non male, ma niente di entusiasmante. Avevano appena finito e mi stavo girando verso Ellie quando mi è arrivata una gomitata nel fianco. Era Cass.

«Guarda!» ha sussurrato. «È la band di Bikeboy!»

Alice li fissava concentrata mentre salivano sul palco e sistemavano gli strumenti. Poi Bikeboy ha preso il microfono.

«Salve» ha salutato con quella sua assurda voce profonda, la stessa con cui aveva cantato prima. «Mi chiamo Richard Murray e noi siamo i Wicked Ways». E hanno iniziato a suonare. Adesso capivo perché per Alice fosse stato difficile dirci se erano bravi o no. Sulla musica niente da dire, ma le pose teatrali di Bikeboy sul palco erano veramente ridicole. Roteava gli occhi facendo smorfie assurde, mentre le sue parole rimbombavano cupe. Esilarante, ecco il termine adatto per descrivere la sua interpretazione. Anche se…

«Mah…» ha commentato Cass. «In un certo senso, funziona».

Sapevo a cosa si riferiva.

«Credo che Bikeboy abbia le potenzialità per diventare una star» ho sussurrato ad Alice.

«Lo penso anch'io» ha risposto. «Ma…»

Quando l'ultima nota di Bikeboy è risuonata nella sala, il pubblico ha applaudito e urlato.

«Alla gente piace» ho notato.

Dietro di me ho sentito sbuffare. Era Karen Rodgers. «Ma che fa?!» ha esclamato ridacchiando. «Sembra un mimo!»

Alice le ha lanciato un'occhiataccia. Certo che è già diventata protettiva nei confronti di Bikeboy! E alla fine del secondo pezzo, con lui che cadeva in ginocchio e cantava a squarciagola alcune note basse, ha applaudito entusiasta.

«Hanno già suonato un bel po' di band. Direi che siamo a un terzo della gara!» ha esclamato Cass.

Normalmente queste parole mi avrebbero innervosito di più. Invece è successa una cosa strana. Man mano che le esibizioni si susseguivano mi sentivo sempre più elettrizzata. Paperboy è rimasto quasi sempre con Johnny, ma ogni tanto lo sorprendevo a sbirciare dalla mia parte. Era la prima volta che ci trovavamo nello stesso posto per più di qualche minuto e per tutto il tempo sono stata consapevole della sua presenza. Sapevo che lui era sempre lì, da qualche parte.

Non solo! Morivo dalla voglia di salire sul palco. Chiaro, ero agitata, ma ero soprattutto esaltata. A ogni esibizione che terminava, si avvicinava il nostro momento. A un tratto mi sono addirittura sorpresa a contarle. E non pensavo terrorizzata *Aiuto! Ne mancano solo cinque*, ma piuttosto *Evvai! Ancora cinque e poi tocca a noi!* Guardavo le band che si esibivano e desideravo con tutta me stessa essere anch'io lassù sul palco.

Quando è stato il turno dei Bad Monkey li abbiamo accolti con un'ovazione. Da non crederci! Soltanto l'anno scorso avevano vomitato per la paura. E adesso eccoli qui, sicuri ma non altezzosi. E soprattutto fenomenali.

«Liz è troppo cool» ha commentato Cass guardando il palco incantata.

«Vero» ho confermato. La loro esibizione è stata una delle più applaudite di tutto il pomeriggio. Alla fine sono rimasti sul palco per un secondo, sorridendo impacciati, prima di portare via le loro cose. Poi è toccato a un'altra band. Il cantante era anche lui molto teatrale e lamentoso, ma a differenza di Bikeboy il pubblico non ha gradito.

«Vado a congratularmi con le ragazze» ha detto Cass, e si è allontanata.

«Sai» ho iniziato, «credo proprio che questa band ci renda più sicure. Secondo me qualche settimana fa nessuna di noi si sarebbe messa a chiacchierare con dei perfetti sconosciuti come se niente fosse».

«Già» ha confermato Alice mordendosi il labbro. «Che dici? Devo parlare con Bikeboy?»

Ho dato un'occhiata in giro. Bikeboy era circondato dai suoi compagni. E a giudicare dalle loro espressioni pensierose, stavano discutendo di qualcosa di serio.

«Sì» ho risposto. «Magari però aspetta che sia solo».

Siamo rimaste per un po' a sentire le band che suonavano. Poi ho guardato in direzione di Cass, che era tutta presa da una conversazione con Liz.

«Ne mancano soltanto due e poi tocca a noi» ha detto Alice. «Meglio che chiamiamo Cass».

Cass aveva pensato la stessa cosa e stava tornando verso di noi. Quando ci ha raggiunte, era con Rachel e Jenny.

«Ciao» ha esordito Rachel. «Pare che non siamo riuscite a perderci il concerto».

«Eh, siete state sfortunate, suoniamo tra una decina di minuti».

«Oh, mamma. Devo andare in bagno» si è lamentata Alice.

«Allora sbrigati» l'ha sollecitata Cass. Alice è corsa via.

«Nervosa?» mi ha domandato Rachel.

«No» ho risposto. «Cioè... un po' sì. Ma meno di quanto mi aspettassi».

Cass mi ha dato un'altra gomitata nel fianco. Se non la smette, domani mi ritroverò un bel livido.

«Guarda!» ha esclamato. Sono rimasta senza fiato. Alice stava parlando con Bikeboy!

«Ci è andata lei?»

«No, l'ha avvicinata lui» ha risposto Cass.

«Smettiamola di fissarli, potrebbero accorgersene» ho detto. E abbiamo tenuto gli occhi puntati sul palco finché non è tornata. Era rossa come un peperone. Cass e io le abbiamo rivolto occhiate eloquenti.

«Allooooora?»

«Ehm, niente...» ha risposto arrossendo ancora di più. «Mi ha fermata per augurarmi in bocca al lupo».

Cass e io ci siamo guardate.

«Però...» ha iniziato Cass. «Carino da parte sua. Ti sei congratulata per il suo vestito?»

Alice era ancora più imbarazzata. «In effetti... sì. Non riuscivo a trovare nient'altro da dire. È del fratello maggiore. Che fa lo stilista, o qualcosa del genere».

Nel frattempo la band che era sul palco aveva finito la seconda canzone. «Ancora una e poi tocca a noi!» ha detto Cass mentre il pubblico applaudiva. «Portiamo le nostre cose vicino al palco».

«È il vostro turno?» ha sussurrato Ellie mentre prendevamo le borse.

«Dopo quei tipi lì» ha risposto Cass. Era una band di sei elementi, fra cui una ragazza che suonava il clarinetto.

«Faranno un bel casino, quindi è probabile che quando toccherà a noi sarete tutti sordi».

«Speriamo!» ha esclamato Rachel. «In bocca al lupo!»

Tra pacche sulle spalle e tanti buona fortuna ci siamo dirette verso i gradini, seguite da chi voleva sistemarsi nelle prime file. L'esibizione della band casinista sembrava infinita. Poi a un tratto è terminata. Adesso toccava proprio a noi.

«La prossima band è un trio e viene da Drumcondra, Dublino». Era la voce di Veronica che risuonava dagli altoparlanti. «Un applauso per le... Hey Dollface!»

Le nostre compagne hanno iniziato a urlare e a saltare. Salire quei gradini mi è sembrato come scalare l'Everest. E mentre mi arrampicavo sulla pedana della batteria e mi sistemavo sullo sgabello, per poco non sono inciampata in alcuni cavi. Le luci erano incandescenti e così abbaglianti che quasi non riuscivo a vedere il pubblico (e non era male per niente). Alice e Cass hanno preso posto e si sono girate verso di me.

«Okay» ha sospirato Cass. «Eccoci qua». Ci siamo guardate con gli occhi sgranati.

«Ciao a tutti» ha esordito Alice con voce tremante. «Siamo le Hey Dollface e la nostra prima canzone si intitola *La mia vita secondo me*».

Lunga pausa.

«Uno, due, tre, quattro!» ho urlato battendo le bacchette per dare il tempo e ho picchiato sui tamburi. Cass ha suonato il suo giro di basso molto ritmato, Alice è entrata con il suo riff sincopato e a quel punto abbiamo iniziato a cantare.

Pensate di conoscermi,
di sapere la mia vita com'è.
Ma non avete idea,
della mia vita, SECONDO ME!

Da quel momento, tutto è andato per il meglio. A volte succede che l'esecuzione di una canzone non convinca. Come se manchi qualcosa, non so l'energia, l'entusiasmo o la tonalità… Altre volte, invece, fila tutto liscio. Come oggi pomeriggio. Eravamo concentratissime. Io suonavo la batteria con tutte le mie forze e non me ne fregava niente se il caldo già soffocante per colpa delle luci diventava ancora più insopportabile per l'energia con cui colpivo i tamburi. È stato incredibile, come se stessimo mettendo in scena la musica. Verso la fine la canzone quasi si interrompe, ma io continuo a suonare e subito dopo parte il giro di basso di Cass seguito a ruota dalla chitarra di Alice. In quel preciso istante ci siamo guardate. Eravamo raggianti, quasi non riuscivamo a credere quanto fosse divertente. Non esagero, è stato uno dei momenti più belli di tutta la mia vita. Quando ho guardato il pubblico e ho intravisto Ellie ed Emma e Jessie in prima fila, mi sono accorta che (possibile?)… ma sì!… stavano facendo un flash mob danzante! Già partecipare a un flash mob è una gran figata, ma suonare la musica su cui farlo è pazzesco! Sempre lì vicino ho riconosciuto Rachel e Jenny, che tenevano il ritmo coi piedi. E con la coda dell'occhio ho visto anche Paperboy. Era di fianco al palco insieme a Johnny, e aveva un bel sorriso divertito. Di solito evito il più possibile di suonare i piatti perché è difficile. Alla fine della canzone, però, mi sono allungata e ne ho colpito uno con tutta la forza che avevo. Era fatta! Avevamo suonato la nostra prima canzone dal vivo. E avevamo SPACCATO!

Appena abbiamo finito, il pubblico ha iniziato a urlare e a incitarci. Ellie, Emma e Jessie saltavano da una parte all'altra e Paperboy batteva le mani come un pazzo. Perfino Rachel gridava agitando un pugno in aria. Mai visto niente del genere. Di Karen nessuna traccia, ma mi piace pensare che fosse da qualche parte a vomitare. Peccato che nel giro di qualche minuto avrebbe avuto un ottimo motivo per tirarsi su di morale, purtroppo...

«Ehm... Grazie tante!» ha detto Cass. «La prossima canzone è una cover. È un vecchio pezzo, ma è bellissimo».

Ho battuto le bacchette per contare il tempo e abbiamo cominciato a suonare. Alice aggrediva le corde della chitarra ed era grandiosa. Anch'io picchiavo duro. Dopo qualche istante mi sono accorta che lo sgabello traballava e che si era scostato un po' dalla batteria. Però ho fatto finta di niente e ho continuato a suonare, anche se mi sono distratta e ho fatto un errore. Cass mi ha guardata per una frazione di secondo. È stato allora che lo sgabello ha traballato di nuovo e per le vibrazioni è scivolato verso il bordo della pedana. Prima che me ne rendessi conto, è caduto di sotto. E io con lui.

Sono caduta all'indietro e sono finita gambe all'aria.

Ho gridato, le bacchette sono volate in aria, il pubblico ha urlato dallo spavento (o forse era una risata?) e Cass e Alice hanno subito smesso di suonare. Cass si è precipitata verso di me, mentre Alice cercava di sfilarsi la cinghia della chitarra.

«Bex!» ha urlato sporgendosi dalla batteria. «Sei viva?»

Nella sala sono rimasti tutti senza fiato, e ha iniziato a diffondersi un brusio di voci sconvolte e una strana risatina. Poi il silenzio.

Mi sono massaggiata la testa e mi sono messa a sedere. Incredibile! Ero caduta davanti a centinaia di persone, compreso Paperboy. E io che ero convinta che fosse materialmente impossibile trovarmi in situazioni più imbarazzanti di quelle che mi erano capitate fino a quel momento! Che illusa! Era peggio di qualsiasi cosa avesse a che fare con il libro della mamma. Ancora intontita, sono rimasta seduta. Non volevo muovermi. Soltanto nascondermi per sempre dietro la batteria.

«Rebecca, stai bene?» mi ha domandato Paul, il ragazzo del suono, che si era fiondato sul palco. «Hai bisogno di un medico?»

«Sto bene» ho risposto provando a rialzarmi. «Ahia! No, sto bene, davvero. Non ho battuto la testa, tutto a posto». Era un miracolo, ma era vero. Beh, ovviamente avevo il morale a terra, ma più che altro per l'imbarazzo.

«Su, Bex. Ti prendo un bicchiere d'acqua, o qualcos'altro?» mi ha chiesto Alice.

«No» ho risposto. «Continuiamo».

«Sei sicura?» mi ha domandato Cass.

«Se ci fermiamo starò peggio».

«Ragazze?» Era Paul. «Volete continuare?»

«Sì» ha risposto Alice. «Dài!» e ha preso il microfono mentre io tornavo al mio posto (dove nel frattempo Paul aveva sistemato una sedia) e Cass mi restituiva le bacchette che erano volate sulla tastiera.

«Allora, dove eravamo rimaste?» ha detto Alice. Ho contato e abbiamo ripreso a suonare, mentre il pubblico ci incoraggiava.

Se fosse stato un film, a questo punto avremmo suonato ancora meglio. Purtroppo, però, quello non era un film e noi non abbiamo suonato meglio. Anzi, abbiamo fatto veramente pena. Io ero ancora scossa e non sono più riuscita a rivivere la stupenda sensazione di prima: tre persone che creano un unico suono. Tutto è risultato slegato e… scadente. Le armonie erano incerte, abbiamo sbagliato qualche attacco e pasticciato con le note. Credo che non vedessimo l'ora di arrivare in fondo. E anche se abbiamo chiuso il pezzo tra le urla scatenate del pubblico, io mi sentivo ancora malissimo. L'imbarazzo per essere caduta e aver suonato da schifo aveva spazzato via l'entusiasmo.

«Mi dispiace tantissimo» continuavo a ripetere mentre andavamo in un angolo tranquillo vicino ai bagni e l'ultima band, i Retreat, iniziava a suonare. Stavo quasi per mettermi a piangere.

«Non è stata colpa tua» mi ha consolata Alice. «Ma di quello sgabello traballante».

«Già... peccato che prima di me non fosse caduto nessuno».

«Beh, era solo questione di tempo» è intervenuta Cass. «È stata una sfortuna che sia toccato proprio a te».

«Oh oh!» ha esclamato Alice. «Paperboy viene da questa parte».

«Oh, no. C'è una via di fuga? Scappo in bagno!»

«Non puoi» ha risposto Alice. «È qui a due passi». Ho alzato lo sguardo e l'ho visto che ci salutava con un cenno della mano. Proprio un attimo prima che ci raggiungesse, una figura inferocita si è fatta largo tra la folla seguita da due adulti dall'aria sconsolata e da una leccapiedi dall'espressione leggermente imbarazzata. Era Vanessa.

«È incredibile!» ha sbraitato. «Mi hai fatto fare la figura della perfetta idiota!»

«Ho fatto *cosa*?» le ho domandato disorientata.

«Sei caduta!» ha urlato.

«Sì lo so, grazie. Ero lì». Dietro di lei, Paperboy sembrava confuso. «Non faccio che ripetere a queste persone quanto sei professionale e piena di talento!» ha continuato Vanessa battendo a terra un piede e relativa scarpa con tacco a spillo.

«E tu che fai? Mi umili in questo modo proprio davanti a loro? Non sei nemmeno capace di startene seduta senza cadere! Tu… tu mi ha profondamente delusa, Becca».

«Che cosa?!»

«Dovresti essere mia amica. E dovresti suonare alla mia festa» ha continuato. «E invece hai rovinato tutto!». Adesso saltellava su e giù per la sala. Non avevo mai visto niente di simile.

«Vanessa…» ho iniziato. Lei, però, non aveva finito. «Tu eri il mio… il mio Argomento di Vendita Esclusivo, perché tua madre ha scritto quel libro su di te! E tu invece che cosa hai venduto? Un bel niente! Sei stata capace solo di cadere come una deficiente! Hai mandato in fumo la mia occasione di diventare famosa, Becca!»

Questo era troppo.

«Io non mi chiamo Becca!» sono esplosa.

Vanessa mi ha fissata. E così il suo seguito.

«Già la settimana scorsa ti avevo detto che non avrei suonato alla tua festa assurda» ho continuato a urlare. «Noi non siamo amiche! Non mi hai mai rivolto la parola finché non hai deciso che mia madre aveva scritto un libro su di me. Beh, sai che ti dico? Quel libro NON parla di me. Io NON sono Ruthie O'Reilly. NON sono famosa! Sono soltanto io! REBECCA. E NON BECCA! E sono appena caduta davanti a quattrocento persone! Quindi scusami se non me ne frega niente di te, del tuo stupido programma tv, del tuo pony rosa e della tua gru del cavolo!»

E sono scappata in bagno sotto lo sguardo allibito di Paperboy. Grandioso. Adesso penserà che sono svitata come Vanessa e che mi sono appena messa in ridicolo praticamente di fronte a tutti quelli che conosco. Una volta dentro mi sono chiusa a chiave, decisa a rimanerci fino alla fine della serata. E provavo una tale pena per me stessa che non sono riuscita a trattenermi e le lacrime hanno cominciato a rigarmi le guance. A quel punto mi sono venute in mente le parole di Rachel a proposito del trucco. Perfetto, proprio quello che mi ci voleva: colate nere di mascara. Ho tirato su col naso e ho provato a tamponarmi gli occhi con un po' di carta igienica.

È stato allora che ho sentito Rachel, Cass e Alice chiamarmi.

«Vieni fuori, Bex» ha cercato di convincermi Alice. «Chi se ne frega di Vanessa?!»

«Ok, ma sono caduta a gambe all'aria e quattrocento persone mi hanno visto le mutande!» ho replicato.

«Ma no, avevi i leggings» ha cercato di consolarmi Cass. «E comunque non gliene frega niente a nessuno».

«Bex, è vero, non importa a nessuno» è intervenuta Rachel. «Va tutto bene. Anzi, se proprio lo vuoi sapere, secondo me hai fatto a tutti un'ottima impressione».

«Perché? Non penseranno mica che l'abbia fatto apposta!»

«Ma no» ha risposto Rachel. «Sono rimasti colpiti perché non hai pianto e non sei scappata».

«Non m'interessa» ho replicato. «Tanto non esco finché non saranno andati via tutti».

«Forza, Bex» mi ha esortata Alice. «Stanno per annunciare il vincitore!»

«Splendido! Vuoi vedere che ci premieranno per l'esibizione più imbarazzante?» ho commentato tirando su col naso.

Ho sentito la porta del bagno aprirsi e poi la voce di Ellie. «Credo che stiano per proclamare il vincitore».

«Bex?». Era Cass.

«Io rimango qui». Di uscire non se ne parlava, anche perché dovevo avere il viso tutto sporco di mascara.

«Dobbiamo andare a vedere» ha detto Cass. «Raggiungici fuori, ok?»

«Vuoi che resti con te?» mi ha domandato Rachel, che in fondo non è una cattiva sorella.

«No, va tutto bene» ho risposto. Non ho aggiunto altro per un istante, ma lei era ancora lì. «Grazie».

«Di niente. Però dovresti uscire».

«Non posso». Dalla sala si sentiva la folla che applaudiva. «Credo che il trucco mi sia colato ovunque. Devo essere un mostro».

Ha sospirato. «Fammi dare un'occhiata».

Ho aperto la porta.

«Oh» ha commentato. «Questa schifezza è resistente all'acqua più di quanto pensassi. Hai soltanto qualche piccola sbavatura sotto l'occhio. Aspetta». E si è messa a rovistare nella sua gigantesca borsa, da dove ha tirato fuori un pacchetto di salviettine detergenti.

«Vieni». Mi ha ripulita con cura. «Ecco fatto, ora stai benissimo».

«Non è vero» ho risposto. «Rache, lo so che tu e le altre pensate che non sia niente di grave. Ma non si tratta soltanto della caduta. Paperboy ha visto Vanessa che mi faceva quella scenata isterica. E ha visto me che le rispondevo per le rime. Penserà che sono una pazza furiosa, oltre che un'idiota che non sa nemmeno stare seduta su uno sgabello».

«No, non lo penserà». Parlava con la sua voce da sorella-maggiore-saggia, che per una volta non mi ha dato troppo fastidio.

«E non è soltanto questo» ho continuato. «Volevo dimostrare che ero in grado di fare qualcosa di strabiliante e diverso, qualcosa che non avesse niente a che fare con Ruthie O'Reilly e lo stupido libro della mamma. E non ci sono riuscita. A scuola moriranno dal ridere».

«Se non altro avrai dato a tutte quante un nuovo argomento di conversazione» ha commentato.

«Oh smettila...» ho sospirato. «Pensi che la gente se ne sia già andata?»

«Ehm, no. Siamo qui dentro da neanche due secondi. A giudicare dal casino stanno ancora proclamando il vincitore. Non vuoi scoprire chi è?»

«E va bene».

A quel punto siamo uscite. I Retreat si aggiravano tutti impettiti sul palco.

«Uff...» ho sbuffato. «Devono aver vinto loro».

Paperboy non c'era. Cass e Alice, invece, erano proprio lì davanti.

«Non abbiamo vinto» mi ha informato Cass. «L'avevo intuito, visto che quegli idioti se ne stanno sul palco come se avessero appena conquistato la Coppa del mondo. Però i Bad Monkey e la band di Bikeboy sono arrivati secondi a pari merito! I giudici non sono riusciti a decidere».

«Oh, forte... credo». Ho guardato l'orologio. «Accidenti, mia madre arriverà a minuti. Dobbiamo recuperare la nostra roba».

«Peccato che le abbiamo detto di venirci a prendere così presto» si è lamentata Alice. «Mi piacerebbe andare da qualche parte a bere qualcosa».

«E con chi?» le ha domandato Cass. «Con noi o con il tuo nuovo amico del cuore Bikeboy?»

«Si chiama Richard» ha precisato Alice. In quell'istante ho notato la nostra classe praticamente al completo che ci veniva incontro.

«Oh, no» ho mormorato. «Svelte, muoviamoci». Troppo tardi. Eravamo circondate.

«O mio Dio!» ha esclamato Jessie McCabe. «Siete state fantastiche!»

«Cosa?»

«Ma sì! Bravissime!» è intervenuta Catherine Wallace.

«Come hai fatto a rialzarti dopo quel volo? A proposito, stai bene?»

«Ehm, sì. Ma...»

«Siete state grandiose, davvero!» ha aggiunto Ellie.«Non ci avete viste ballare?»

«Sì» ho risposto. «È stato fantastico, ma...»

Volevo provare a spiegare che nel secondo pezzo avevamo cantato malissimo, ma non sembravano molto interessate. Invece ci abbracciavano e ci dicevano che non vedevano l'ora di venire al nostro prossimo concerto. Liz dei Bad Monkey si è avvicinata per congratularsi. Chissà, forse non era andata poi così male! Certo, Paperboy mi avrebbe evitato per il resto della vita, ma sembrava proprio che le mie compagne si fossero dimenticate di tutta la faccenda del libro della mamma. Cioè... alcune.

«Complimenti, Rebecca» era Karen Rodgers. «Scommetto che la tua sosia Ruthie non sarebbe mai caduta in quel modo. Sei proprio una tipa originale».

«Santo cielo, Karen, CHIUDI IL BECCO!». A parlare era stata una voce che non conoscevo. Ci siamo guardate intorno sorprese finché non ci siamo rese conto che si trattava di Alison, l'amica-ombra di Karen. E non l'avevamo riconosciuta perché era la prima volta che la sentivamo parlare in quel modo. Non da amica-ombra. L'abbiamo fissata tutte, Karen inclusa. «Lasciala in pace» ha aggiunto questa volta in tono un po' più timido, come se nemmeno lei riuscisse a credere alle sue orecchie.

Karen ha sbattuto le palpebre. «Oh... ehm... va bene». Aveva l'aria un po' imbarazzata. Non ho avuto il tempo di chiedermi quali conseguenze avrebbe avuto quella scena perché Cass mi guardava raggiante.

«State a sentire» ha iniziato. «Stavo parlando con Liz. Ha detto che dovremmo fare una serata con i Bad Monkey. Un vero concerto. Soltanto noi e loro».

«Wow!». Un vero concerto. Chissà se siamo all'altezza! Ma sì, non sarà così terrificante, sempre che la batteria sia ben piantata a terra e non su una stupida pedana.

«Dovremmo scrivere molte altre canzoni» ha osservato Alice.

«Beh, se ci serve l'ispirazione, puoi sempre chiedere al tuo nuovo amico Richard» ha suggerito Cass con una risatina.

«Piantala!» l'ha rimproverata Alice arrossendo.

Poi dal mio telefonino è risuonato un bip. Ho controllato gli sms. «È la mamma. Ci aspetta fra cinque minuti dietro l'angolo, di fianco all'entrata».

«Okay» ha detto Cass. «Beh, Liz mi ha lasciato il suo indirizzo e-mail e le ho detto che l'avrei contattata presto. Ma questa storia del concerto a voi sta bene, vero?»

«Sì» ho risposto. Ci ho riflettuto per un secondo. E di colpo mi sono dimenticata quanto fosse stato orribile cadere e suonare male. Ho ripensato alla prima canzone, al momento in cui tutto aveva funzionato alla perfezione e ho deciso di riprovarci. «Sì, certo!»

Abbiamo salutato le nostre compagne (tranne Karen, che sembrava davvero imbarazzata) e recuperato la nostra roba. Rachel e Jenny non avevano bisogno di un passaggio perché stavano andando in non so quale posto figo da grandi (beh, non così figo se lasciano entrare anche le sedicenni). Prima di uscire ho dato un'occhiata in giro. Di Paperboy nemmeno l'ombra. Forse era tornato a casa inorridito dopo aver visto Vanessa che mi sbraitava contro, quasi fossi la persona più cattiva del mondo. Ci siamo scambiate un saluto a distanza con i Bad Monkey.

«Non dimenticarti di mandarmi una mail!» ha urlato Liz.

«Certo!» le ha risposto Cass con un sorriso radioso. «Siamo entrate nel mondo della musica».

«Forse esageri un po'» ha commentato Alice. «Ma un altro concerto sarebbe il massimo».

All'entrata abbiamo incontrato Robbie, il tipo de *La mia superfesta di compleanno*.

«Oh, ciao» mi ha salutata. «Tutto a posto?»

«Sto bene. Ehm... scusa per prima».

«Non preoccuparti».

«Come sta Vanessa?» gli ha domandato Alice.

«Bene» ha risposto con una smorfia. «Anzi, più che bene. Le abbiamo comunicato che parteciperà al programma».

Eravamo tutte così sorprese che per poco Cass e io non abbiamo fatto cadere la tastiera.

«Parteciperà al programma?!» ho domandato incredula.

«Beh, è piuttosto irascibile... ma sarà un personaggio interessante per il programma». Robbie ci ha guardate fiducioso. «Suppongo che non ci sia nessuna possibilità che suoniate alla sua festa, vero?»

«No» ho risposto.

«Peccato, comunque lei da sola è più che sufficiente. Lo sapete che noleggerà un carrarmato, vero?»

«L'ho sentito dire».

«E pure un pony... Sarà di grande effetto. Beh, vi lascio andare, è stato un piacere». E si è allontanato.

«Non ho parole» ha detto Cass.

«Nemmeno io. Adesso sarà più insopportabile che mai».

Quando abbiamo girato l'angolo, la mamma era già lì ad aspettarci.

«Allora? Com'è andata?»

«Mah, così...» ho risposto.

«Siamo state grandiose» è intervenuta Cass.

«A parte quando sono caduta all'indietro e ho quasi mandato a monte tutto» ho aggiunto aprendo il portabagagli per sistemare la tastiera.

«Che cosa? Stai bene?»

«Sì, sì. Sto bene. È stato solo imbarazzante».

La mamma mi ha sommersa con le classiche domande-da-mamma per essere sicura che non avessi una commozione cerebrale o qualche frattura, e quando si è convinta che non sarei stramazzata al suolo di lì a cinque minuti avevamo già caricato in macchina tutte le nostre cose. Stavo per salire ma mi sono accorta di aver dimenticato il giubbotto.

«L'ho lasciato appeso all'amplificatore di fianco al palco. Spero che ci sia ancora. Ci manca solo questa, perdere il mio giubbotto preferito».

«Oh, no!» ha esclamato la mamma. «Va bene, corri a prenderlo. Ti aspetto qui».

Così ho girato l'angolo a razzo e sono rientrata nel locale. Dentro c'erano ancora un bel po' di persone, ma non Paperboy. In compenso il mio giubbotto era sano e salvo sull'amplificatore. L'ho preso e mi sono diretta fuori, chiedendomi se avrei mai parlato di nuovo con Paperboy o se invece lui non volesse più avere niente a che fare con me perché a) Vanessa Finn si era presentata con dei produttori tv e aveva fatto finta che fossimo amiche del cuore, b) sul palco avevo fatto una figuraccia o c) entrambi i punti precedenti. Se, com'era probabile, aveva deciso che ero una pazza svitata da evitare, il venerdì avrei dovuto semplicemente evitare di andare ad aprire. Niente di più facile, no? Potevo provare a dimenticarlo.

E poi, mentre uscivo dal locale con il morale sotto i piedi, l'ho incrociato. Lui stava entrando, proprio come quel giorno al Tower Records, ma questa volta senza la presenza minacciosa di un'ex ragazza.

Era solo.

«Ehi, ciao!» ha esclamato. «Ti stavo cercando».

Come al solito, non ho trovato niente di intelligente da dirgli. «Davvero?»

«Sì. Volevo dirti che siete state grandiose».

«Anche se sono caduta davanti a tutti?»

«Soprattutto per quello» ha confermato lui con un sorriso. «È stato un volo davvero notevole. Degno di una controfigura. E comunque ti sei alzata e hai continuato a suonare, no?»

«L'alternativa era mettermi a piangere. E se fosse successo Vanessa la pazza mi avrebbe uccisa. Mi avrebbe investita con il suo carrarmato rosa».

«Ma che ha quella tipa? Mette un po' paura. Non è proprio una tua amica, vero? Sembra un po'... esaltata».

«No, non è mia amica. Voleva far finta che lo fossimo per convincere i produttori a farla partecipare al programma. È una lunga storia. E comunque l'hanno presa lo stesso»

«Davvero?» si è stupito lui. «Tu no, giusto?»

«Mai!» ho risposto inorridita. Paperboy è scoppiato a ridere.

«Beh, se decidessi di partecipare almeno saresti divertente». Tutt'a un tratto si è fatto serio. E mi sono accorta che eravamo molto vicini.

«Rebecca...» ha iniziato, «ehm... c'è una cosa che voglio fare da un sacco di tempo».

E subito dopo, in pieno giorno, fuori dal Knitting Factory, in centro... mi ha baciata!

MI HA BACIATA!!!

Paperboy mi ha baciata! Ed è stato stupendo, anche se non ero sicura di cosa stessi facendo. Dopotutto, non avevo mai baciato nessuno prima di allora. Non credo di essere stata tanto brava. E purtroppo non ho avuto la possibilità di migliorarmi, perché mentre mi baciava e io tentavo di ricambiare ho sentito il clacson della macchina e l'orrenda voce di mia madre che gridava: «Bex! Muoviti!»

L'auto era a meno di un metro di distanza, con il finestrino abbassato. Ma che ci faceva lì? Non doveva essere dietro l'angolo? Ho fatto un balzo all'indietro, come se fossi stata fulminata da una scarica elettrica.

«Arrivo!» ho risposto con voce strozzata. L'ho guardato. «Ehm... devo andare».

«Okay». Sembrava anche lui un po' imbarazzato, ma felice. «Io torno da Johnny e dagli altri, che sono ancora dentro. Allora... ci vediamo presto? Stavolta, però, non soltanto per i soldi dei giornali».

«Oh!» ho esclamato. Sono proprio una frana. Avrei dovuto chiedere a Rachel consigli sui ragazzi già tanto tempo fa. Ma pensavo che non mi sarebbero mai serviti. «Certo».

«Rebecca!». Era mia madre, sempre lei. «Sono in divieto di sosta!». Sedute sul sedile posteriore Cass e Alice le tamburellavano sulla spalla e le sussurravano con insistenza qualcosa all'orecchio.

«Arrivo!» ho ripetuto. «Allora... a venerdì?»

«Certo!» ha risposto. «Magari potremmo vederci in un posto che non sia pieno di tuoi parenti nervosi».

«Okay».

Mi ha sorriso e mi ha baciata sulla guancia. «Ci vediamo». E si è diretto all'interno del locale. Era appena arrivato alla porta quando mi è venuta in mente una cosa.

«Ehi!» ho esclamato. «Lo so che è assurdo, ma... come ti chiami?»

Lui ha riso e si è girato per un istante.

«...»

Nello stesso momento in cui apriva la bocca, quell'orribile essere imbarazzante che è mia madre ha suonato il clacson. Quando ha smesso, lui era già entrato e io stavo salendo in macchina, dove Alice e Cass strillavano così tanto che la mamma ci ha minacciate di buttarci fuori. Tipico, da parte sua. Incredibile, l'ha fatto di nuovo! Pensavo che l'avesse piantata di mettermi in imbarazzo davanti a tutti!

Ma la cosa più incredibile è che Paperboy mi ha baciata, e io non so ancora come si chiama.

Pazienza.

Lo scoprirò venerdì.

FINE

Ringraziamenti

Ringrazio Susan Houlden, Emma Burne e tutta la O'Brien Press; Chris Judge per la copertina dell'edizione originale inglese; Helen Carr per il sostegno, l'amicizia e l'ispirazione; Jennifer Foster, Louise Butler e Miriam McCaul, mie compagne di classe e di avventure al Dominican College e ancora mie amiche dopo vent'anni: Sinéad Gleeson e tutti quelli della Anti-Room; Joan, Wally e tutti i Freynes, in special modo Maria per avermi raccontato la storia di Junior Cert; i miei genitori, che hanno sempre incoraggiato le ambizioni letterarie delle loro figlie; le mie sorelle Lisa, Jenny e Rachel, per questi trentacinque anni di follie e risate insieme; mio nipote Arlo McGuirk, aka Mr Baby, per essere il mio ispiratore; e infine il mio brillante e gentile marito Patrick Freyne, che mi fa sempre morire dal ridere.

Impaginazione Chiara Peruccio

Stampa Stampatre, Torino

Ristampa	Anno
1 2 3 4 5	14 15 16